宝妈瓜爸

十三天"抱"走东瀛

飞行电熨斗 著

山西出版传媒集团

山西人民出版社

图书在版编目（CIP）数据

宝妈瓜爸十三天"抱"走东瀛 / 飞行电熨斗著. ——
太原：山西人民出版社，2015.11
　ISBN 978-7-203-09334-3

　Ⅰ．①宝… Ⅱ．①飞… Ⅲ．①随笔－作品集－中国－
当代 Ⅳ．①I267.1

中国版本图书馆CIP数据核字(2015)第260678号

宝妈瓜爸十三天"抱"走东瀛

著　　者：飞行电熨斗
责任编辑：吕绘元
装帧设计：张静涵

出 版 者：山西出版传媒集团·山西人民出版社
地　　址：太原市建设南路21号
邮　　编：030012
发行营销：0351—4922220　4955996　4956039　4922127（传真）
天猫官网：http://sxrmcbs.tmall.com　电话：0351-4922159
E—mail：sxskcb@163.com　发行部
　　　　　sxskcb@126.com　总编室
网　　址：www.sxskcb.com

经 销 者：山西出版传媒集团·山西人民出版社
承 印 厂：山西出版传媒集团·山西人民印刷有限责任公司

开　　本：787mm×1092mm　　1/16
印　　张：13
字　　数：153千字
印　　数：1—5000册
版　　次：2015年11月　第1版
印　　次：2015年11月　第1次印刷
书　　号：ISBN 978-7-203-09334-3
定　　价：36.80元

目录

第一章　梦想与阻碍

梦想是一张《人生工作考核表》，有的人表上面只填了一项，看一眼，光彩夺目、气势恢宏。但是许多人究其一生也难以完成，离开时只能被盖一"未能实现"的黑色印章。而我的梦想则有很多，每一个人生阶段，我都会有不同的梦想。这些梦想也许在旁人看来那样微不足道、目光短浅，但我却乐在其中。等再也走不动的那天，戴上老花镜，翻出这张考核表，满满都是"已完成"的大红戳，何等荣光！

一幅画，二十年

"去那个地方干嘛！不许去！"表姐说道。

"臭小子，你有钱也别给他们啊！你这是不爱国，你知道吗？"姑姑直接给我扣了顶大帽子。

老妈也在一旁教育我："你现在都成家了，有娃了，还瞎跑什么？老老实实攒两年钱不好吗？以后你们用钱的地方多着呢……"

"啥？你要去日本？你这龟孙儿……咳咳！"九十多岁的老奶奶听见了，也想插一嘴，刚说了一句，就激动地咳嗽起来。

这是我在 2013 年初，第一次向家里人说出想去日本旅游的话后，在座诸位的反应。其实我都能理解，老一辈人，对日本的看法半个多世纪来都没有改变，特别是奶奶，她经历过那个时期，提到日本人，只有抹不完的眼泪。

我没敢再说什么，知道再张嘴必定是轮番轰炸的局面，只得扭头看向了屋门上贴的一张挂历纸。

这张挂历纸有些年头了，是一幅风景摄影，我记得至少在 1990 年左右就贴上去了，原因无他，只是很好看。照片里天是那么蓝，远处的山峰被积雪覆盖，满世界的白色，而画面右边一幢三层的红色塔形建筑在冰天雪地中显得如此端庄艳丽，仿佛仙境一般。

我看这张照片看了二十年，之前只知道是在日本。直到两个月前，我才从旅游网站上得知，这幅画中的风景来自京都清水寺，日本国宝级建筑之一，世界文化遗产。

其实家里人不知道的是，去日本旅游，二十年来始终是埋藏在我内心最深处的一个梦想。从我记事开始，每当过年，父母的单位总会发一些印着优美风光的新年挂历。而那时我见得最多的，就是白雪皑皑的富士山和京都那些古老街道及寺庙。每当换上一本新的挂历，我总会问父亲："爸，这图片上面的风景真好看，在哪里？"父亲每次都会笑着告诉我："这是日本，好看吗？觉得好看的话，等你再长大一些，我就带你去。"

于是，这段简单的对话就深深地刻进了我的脑海里。这么多年，我从未向家人提起过，因为我知道，对那时的人而言，出国旅游意味着必须要有雄厚的财力支持。20世纪90年代，当国人每个月工资只有几百元的时候，去趟新马泰就要近万元人民币，这相当于我们一家五口半年左右的收入。所以，去日本这样一个发达国家旅游，对我们普通工薪家庭来说，只能是一种奢望。

但父亲是一个说到做到的人，做不到或者不愿做的事情他轻易都不答应，却没想到自己对儿子这个最令人难忘，也承诺最早的事情，直到2002年他去世时也没能实现。

2002年夏天，我在山东泰安陪着父亲看病，那时的他已经很难下床。夜深人静，从病房窗子望出去，刚好能看到泰山十八盘的灯光。父子俩瞭了好一会儿，父亲问我："来几天了，还没爬过泰山是吗？想去的话，明天吃了早饭去吧，下午回来就成。"

我摇了摇头，恰巧想起了以前的承诺，于是鼓励父亲道："不去了，等你病好了，咱们一家去日本旅游，去京都，去看富士山，你答应过我的。"

父亲勉力笑了笑，叹气道："唉……真应该早点带你去的。现在这个样子，还是等你以后出息了带我去吧。"

我那时刚上大学，还不知道挣钱的艰辛，当即拍着胸脯道："没问题，等我挣钱了咱们就去！"

父亲看着我，眼中满是期许和满足。即使他已经知道，这个承诺将永远也无法兑现了。

几个月后，父亲去世。他走后，去日本似乎成了我心中的一根刺，之后的十几年中总会时不时地跳出来挑拨一下我的神经，那种感觉，始终令人憧憬，却总又遥不可及。

2005 年我大学毕业，从月薪不到千元的普通员工做起，如今结婚生子、月薪过万，额外还有一些写作的收入。直到 2013 年，我突然间发现，似乎只需稍加积累，我就能够负担起这样一次长途的出国旅行了，看来迟到二十年的梦就要实现了。

而如今，去日本旅游，对我来说已经不仅仅是一次纯粹的观光之旅，反而更像是为了解开某个精神枷锁的圆梦之行。

所以，去日本，对我来说，无关乎历史、无关乎民族、无关乎两个国家之间的一切矛盾。我只是单纯为了一个字——"去！"

我要去看看京都的那一抹红究竟有多艳丽。

我要去看看东京国际大都会的气魄到底有多大。

我要站在富士山下，完成我们父子俩的心愿。

我要把家里所有挂历页上有关日本风光的地方都去到，拍下，回来后洗印出来，换上。

这就是我的梦想，简单又直接。

即使父亲已不在，我也要把我们当初的承诺带到。

但和谁去，却又成了一个新的难题。说实话，在我最初的计划中，我并不打算带着我们两岁的儿子瓜总（他乳名宝瓜，但是这孩子顽皮得很，天天好忙，比我这个企划运营总监加作家都忙，于是我封他为总经理，对外都叫瓜总），只想和媳妇去，可媳妇偏对孩子格外亲，长这么大，一天都没离开过身边，这一走十几天不见面，怎也不肯答应，非要带上儿子。

为此我们夫妻俩争执了很久，本来2013年底就打算出发的行程愣是又往后拖了一年，直到去年夏天的一次辩论，媳妇无意中的一句话彻底点醒了我："当年公公说要带你去日本没去成，他从来没去过就敢向你承诺，还是二十年前，现在信息这么发达，你为什么就不敢向你儿子承诺？"

……是啊！我突然惊醒了。自己只顾着心中那个未能圆的梦，但承诺呢？

正如父亲说过的那句话："唉……真应该早点带你去的。"当初父亲对我的承诺没能兑现，如今也该换作我对自己儿子的承诺了！即使他从没向我要求过，但我不敢保证，当有一天儿子向我提要求的时候，我真的就有时间和机会去兑现。

那不如就趁着现在有能力，趁早实现吧。

于是我一狠心一咬牙，定下了我们的最终计划：2014 年底之前，日本之行必须启动！首批登陆人员：我、猫同学（媳妇）、瓜总。由我们先来充当探路者，熟悉日本，然后两年内陆续带领双方父母完成一次真正意义上的家庭旅行。虽然有些冲动，但这就是我 2016 年底之前的梦想计划，自然列在了我的《人生工作考核表》当中。

旅行，就是一场战争

可当我把带着瓜总一起去日本玩的想法向亲朋好友们一讲，反对声排山倒海，比第一次更加猛烈，论调还几乎一致："他那么小，去了也什么都不记得，花那个冤枉钱干嘛！等大点再去嘛……"

说这话的既有担心孩子安全的家中老人，也有同事朋友。不过对于此点，我和猫同学的观点高度一致：与其一个月花上好几千让孩子去上早教班学唱歌跳舞，倒不如带着他四处走走看看，增强多元化的交流和认知。许多知识、习惯都是在潜移默化和边看边学中完成的，而不是老老实实坐在那里听老师讲。

我俩对于带娃出门这件事非常强硬。当然，并不是说我们不听劝，一意孤行。因为自打瓜总出了满月，他的日常生活、饮食起居，甚至生病就医，都是我和猫同学两个人自己照料，白天是妈妈一个人带，晚上我这个爸爸回来接班，几乎没怎么麻烦过家里老人。

所以，带娃出去，我们有十足的把握和信心。如果哪位看官从来没有独自照看过孩子超过一周，那远程的长时间旅游还是不要带娃的好。如我们这般天天带的，在日本的最后几天，身体和精神也都到了临界点，其他人就可想而知了。

决心是下了，然后就是制订旅行计划。

可新的难题又来了，当我浏览各大旅游网站寻找带孩子自由行的攻略时，发现在这方面竟然是一片空白。所有的攻略，不是新婚小夫妻就是金婚老夫妇，要么就是一大家子组团，真正意义上的夫妻俩带着幼儿纯粹自助旅行的帖子少之又少。而日本那边各种关于不同年龄段儿童的政策我们又不很清楚，所以这个攻略我做得极为艰难。

2014年夏天，真正决定要去了，我把之前所做的攻略修改了一下。因为带着孩子，多少都要受些限制。比如带着孩子就不能暴走了，每天逛的景点数量必须要缩减，多去一些孩子们感兴趣的地方，吃饭住宿都要照顾到孩子。此外，考虑到行程过长，中间必须要设置两天调整期，包括突然生病的应急办法等。第二部分就是危机应对方案，包括没去成怎么办？是否有替代项目？是否能在之后的行程再次加入？超时或提前了怎么办？有没有后备的行程计划或交通资料？

我最终敲定的路线是大阪—京都—奈良—富士山—镰仓—东京。涵盖了日本三大古都和两大现代化都市。这条线路也被旅游爱好者们戏称为"魔鬼路线"。

之所以叫"魔鬼路线"，一方面是日本最知名的城市和景点都位列其中，一年四季游人如织；另一方面是从关西到关东，需要辗转六七座城市，即使一个地方只逗留个两三天，行程也是极为紧密，容不得哪怕半日拖延，故才有此一说。

然后，就是出行方式的选择了。最省心的办法莫过于直接参加旅行团，交完钱等着出发即可。但我们带着一个两岁的宝宝，每天要跟着整团人集体起床、集合、坐车、参观、吃饭、睡觉，这种方式显然不行。

所以，自由行就成了唯一的选择。

时至今日，接触得自由行的朋友多了，许多人都和我讲，攻略不好做，不会做攻略，你的是怎么做的？有什么巧办法没有？其实，攻略在我看来无非就是：你的目的地有哪些，目的地的基础信息（开放时间、购票办法、参观规则），到达目的地的最佳路线是什么。至于风土人情、历史文化，这些是不会体现在一份高浓缩攻略里面的。

好在功夫不负有心人。我一整个夏天都在对这份攻略修修补补，碰到实在缺失的信息，就想尽办法去搜、去查，最终把十三天的超长行程浓缩到了十五张图上，它助我们一路成功搞定了各种难题，还算轻松地带着瓜总游历了日本本州。

半年后，当我回过头再去看。旅游，特别是带着幼儿旅游，真的是一场战争。包括和"反对派"在观念上的拉锯战，前期准备的"攻坚战"，还有最后出征的"大决战"。每一场战役都考验着你的勇气、决心、毅力，以及随机应变的能力。有的人理论充分，前期谋划万无一失，但仅限于纸上谈兵，到地方就傻；也有的人适应能力超群，扔到哪儿都不怕，却不知道先后顺序，白白在旅途中耗费了大量时间。

关键是你有没有一颗想当将军的心。有，就排除万难，事事操心，好好享受打赢一场战争的成就；没有，那就干脆当一个省心的小兵，大巴到站，只管冲出去扛起"武器"拍照即可。

而事实证明，我们的选择一点儿也不比上早教差。回来后，在国内我怎么教都不会的"红灯停，绿灯行"，瓜总彻底明白了，因为他看到了那里的人的确在红灯时是会停下的；在游乐场里和日本孩子玩得格外开心，完全不需要过多的语言交流；学会了好多新词，甚至包括几个英语和日语单词；知道在公共场合不要大喊大叫，不能随地乱扔垃圾；坐电梯、地铁晓得先下后上；就连买票、过改轧机、开电动门也都熟练得不行。

本章小贴士：

1.关于日本签证，不同的领区、不同的旅行社，都会有细微的差别。所以，货比三家，找出要求最少的、价格最低的。关于具体政策，不要问别人，去电详细问你所挑选的旅行社最直接有效。

2.结婚不满五年的年轻夫妻，出行前务必签下合同：规定在外旅游期间，禁止一切吵架、斗嘴、互殴行为，所有矛盾均需等回国后再行处理。

3.地图真的很重要，不会看也要学会看。不看地图就把攻略做出来的人，要么开挂，要么等着挂。

4.日本自由行之所以困难，是因为日本的出租车价格极高，不像在国内，实在找不到地方，伸手拦辆车就去了。所以，在日本旅行，除非是迫不得已的情况，尽量不要打的。

第二章
迷失大阪，西日本的活力之都

　　计划与实际的最大差别在于，你认为已经成竹在胸，可以搞定前方的千军万马，可是后院却突然失火。于是乎，面前刀砍斧剁，背后大火熊熊，最后的结局只能是两手一摊，嚷道："都滚开！老子拼了！"运气好的，误打误撞，奇迹生还；运气差的，一步错步步错，再无翻身之日。显然，猫同学属于不按套路出牌的那种人，她可以先在后院放火，再把前后夹击无法自拔的我一把推开，从容说道："闪开！老娘来蒙一次！"

迟来的"结业考试"

2014年10月13日，在我紧张而周密地部署了近三个月后，我们终于启程出发了。一家三口将先坐火车前往武汉，在那里中转一晚后，14日一早搭乘飞机，直抵日本关西的第一大都市——大阪。

我们的行李，猫同学也是经过了多次的精简，最终压缩在了三个不算大的双肩包里。红色包装的是她的衣服、化妆品，她自己背着；蓝色包装的是所有贵重物品、电子产品以及我

的两件衣服，我背着；橘色包装的是瓜总的尿不湿和他的衣服……还是我背着。

说起来去日本这件事，直到8月底的一天，我正在家里准备签证资料，猫同学凑上来一瞧，惊呼道："妈呀！你不

是说着玩的啊？你真要去日本啊？！"从这天起，她才算是幡然醒悟，奋发图强，一个半月里研究了无数的购物攻略。

但是带什么不带什么，我们纠结了好久，猫同学有选择恐惧症，加上我们买的是春秋航空的特价票，武汉飞大阪，99元人民币，每人只允许带一件长宽高为20×30×40的随身行李，没有托运行李的配额，想要还得自己花钱买。

没有大件行李倒也无所谓，反正我们带着娃，压根儿就没打算放开了购物。但是如果没有儿童推车就有点难办了。瓜总即便再有精神头，让他跟我们一整天跑下来也能累蔫儿了。为此猫同学还特意电询了航空公司的客服，一问才知道，虽然免费托运婴儿推车是国际航空业的惯例，但仅限于两岁以下的婴幼儿。大于两岁就是儿童了，不再享受免费托运的服务。

这下可难住了我们，掏钱托运吧，一来一回，光托运费就要将近700块，都能买一辆新车了。可是不推车，我们一去十几天，总不能走累了就抱吧？那还不得把大人给累死？

不过这也难不倒已经完全进入状态的猫同学，在得知不能免费托运儿童推车后，她拍着胸脯告诉我："这事儿你甭操心了！到地方交给我吧！"

由于2014年第十九号超强台风"黄蜂"于12日登陆日本，我们所乘坐的航班原定14日11点50分起飞，愣是被拖到了15点30分还没见动静，这对于本就心里没谱的我来说更加不安。仿佛是一个等着上考场的学生，对即将到来的考试既充满了期盼，又十足地担心。

奇葩的恐飞症患者

说起来有些惭愧，我这么大个人了，直到2013年，三十一岁才第一次坐飞机，还是短途的国内航线，郑州飞重庆，全程一个半小时，屁股还没焐热就降落了。

那次飞行对我来说，新鲜感远远大于其他因素。除了一起一降有点犯恶心，别的倒也还好。

可是全地球人都知道，2014年是"空难年"。这本身就会让许多本来不怕坐飞机的人心生畏惧。我也曾不止一次地问自己：你小子到底有没有恐飞症？

答案是我不知道。如果我有恐飞症，那第一次去重庆的时候就应该有所显现；可若是没有，怎么这一次就这么怕坐飞机去日本呢？在所有事情尘埃落定，去之前的半个月里，我和猫同学说，自己始终在"恐飞"两个字中煎熬，一得闲就会想飞机往下掉的事情，夜里做梦也经常被吓醒。

不过想得次数多了，我渐渐发现一个规律：那就是飞机起飞、降落、空中颠簸，乃至解体、爆炸，我都不怕，唯独想到最多的镜头是飞机一头栽进海里，结果没能逃出来而被淹死在机舱里。

……我明白了。因为小时候曾经在游泳池几次溺水，打从心底里害怕溺水的这种感觉。虽然我会游泳，也敢下水，但仅限于浅水区，三五米深的还行，再深就有点脊背发毛了。所以我也想通了为什么那次飞重庆我毫不害怕，下面都是陆地。而飞日本，大部分时间都在海上，结果就是导致我会不停地瞎想，

飞机就在眼前，却因为那边天气原因无法起飞。

一想到就害怕。

为此猫同学还劝我："你要真是不行，咱们就别去了，等过了年好点再说。"但我还是撂下狠话："我只求去的时候没事儿，还没逛就掉海里那太冤了！至于回来，怎么样都行！"

猫同学听了震惊不已，摇头直叹："你这个奇葩的恐飞症患者……没救了！"

终于，在武汉天河机场苦苦等待了六个小时后，得到了大阪方面的通知：台风已过境，可以安排起飞了。

登机、入座、起飞、上天，一切无比顺利。但据猫同学说，半个多小时后到了海上，我的脸色瞬间就变了，眼神呆滞，呼吸也急促了，手也不自觉地攥紧，说话都是一种心不在焉的状态。

瓜总可不管一旁脸色时青时白的老爸，人家该玩玩该闹闹，一会儿找前后排的乘客卖个萌混个零食，一会儿扒窗户看看，还挑衅地回头喊我："爸爸！你看，大海！"

……还看海？你看你爹，脸都快赶上海蓝了！

我们一路追赶着夕阳，但还是眼瞅着它消失在了地平线上。直到感觉飞机开始下降，不久后瞧见了海岸上的灯光，我总算是松了一口气。

这片陆地，在画里看了你二十年，我终于来了！

夺权

关西国际机场，建造在大阪湾的人工岛屿上。每周有近千个班次的客机往来于世界各地，可以说，关西国际机场是亚洲地区非常重要的航空枢纽。它位于大阪市区的西南方，距市区约 50 千米。日本铁路公司和南海电铁均有从市区到达这里的线路，平均耗时五六十分钟。

下了飞机，我就始终处在一种莫名的亢奋状态。但至少还知道有两件很重要的事情等着我去办：办理入境，以及购买大阪周游卡。

由于飞机晚点，我们比原计划晚到了四个小时。本来还想在关西机场逛一逛，现在看来也难以实现了。必须要在最短的时间内入境，然后买了周游卡就要乘车赶往市内的宾馆，否则再晚就不好办理入住手续了。

即便我们一早就在飞机上填好了外国人入境记录卡，但等待入境的队伍还是拐了好几道弯，平均一个人两分钟，我数了数，等排到我们差不多也要一小时后了。一位西装得体、头发花白的大爷，应该是入境管理处的工作人员，一直在用中文和英文引导着旅客排队，查看入境卡的填写是否合规。

我这个人平日里不怎么爱用手机拍照，这会儿也不知道是哪根筋搭错了，一手抱着瓜总，却还想要拍一张这壮观的队伍。刚抬手一咔嚓，老大爷直接冲了过来，但还是语气很平缓地摆手和我道："不要拍照！不要拍照！"

刚下飞机，瓜总还是比较老实稳重的。

吐了吐舌头，环视一圈，我这才发现入口处每个窗户上都贴着个"禁止拍照"的图示。猫同学在一旁直揶揄我："你呀，该拍的时候不拍。到地方了因为拍照再让人给遣送回去，还不如直接掉海里呢……"

正脸红觉得不好意思，老大爷看见了瓜总，这娃也真算有眼色，竟然主动跟人家打了个招呼，还是英文"Hello"。老大爷乐了，一扯我胳膊道："来，带孩子的来这边，快速通道。"

顿时，我和猫同学泪流满面。谁说带娃出去玩受罪？这明明是优待啊！

二十分钟后，我们办理完了入境手续，走过入境审查的那条线，才算正式踏入了日本的国土。

第一件事：购买大阪周游卡。

大阪周游卡应该是所有短期旅行的外国旅客来大阪游玩的不二选择，它可以让你在持卡有效期内，无限次搭乘大阪市内几乎所有的公共交通工具，包括地铁、巴士、火车，甚至包括两条轮船游览项目；同时，大阪市内大部分观光、游览设施都可以凭此卡免费进入。最后，多达近百家商店、饭店也对持卡人提供打折优惠。

大阪周游卡分一日卡和二日卡，一日的 2300 日元，二日的为 3000 日元。因为我们要在大阪待至少两天，

看到这个大大的字母"i"，就是购买大阪周游卡的地方了。

所以我毫不迟疑地买了两张大阪二日周游卡，而瓜总年纪尚小，乘坐交通工具或是进入景点均无须购票。

关西国际机场购买周游卡的地方就在一楼大厅，顶着一个蓝色"i"字灯箱的旅游服务中心，出示护照即可。

当然，大阪市内，如梅田站、难波站也都可以买到。不过个人建议如果有空，下了飞机就来买，虽然梅田和难波站也有的卖，但我在那里转了两天，感觉找不到方向，所以为了避免麻烦，早买早安心。而且大阪周游卡的有效期是从第一次使用开始计时的，先买来，等第二天再用一点儿问题也没有。

纵然我在各大旅游网站潜水两年收集资料，纵然我之前在电脑上研究过日本的铁路售票机不下十次，但当我第一次站在它面前时，用东北话说，我还是"蒙圈"了。

瓜总可能是饿了，从中午1点到现在，将近八个小时，一家子粒米未进。而猫同学是轻微晕机连带也饿了，不住地催促我。她也知道在机场吃饭不现实，等我们吃饱喝足歇过劲儿来，也许连火车都没了。所以只想尽快到达市区，入住酒店，卸下包袱顺带吃顿饱饭。

就这么一种情况，儿子哭媳妇儿催，我站在JR（日本旅客铁道公司集团）的售票机前，只觉得屏幕上所有字都在到处乱窜，根本瞧不清是什么。

稳定一下情绪，研究了近一分钟后，我总算是差不多恢复了意识，把钱塞进去，刚选择好票价和张数，猫同学突然挤过来，一边探头看屏幕一边埋怨道："你行不行啊？"说着，她点了一下找零钮……哗啦啦下面零钱和车票都落了下来，猫同学收起零钱，举起车票，冲我挑衅道："怎么样？买票你不行！这事儿以后交给我了，你就看娃吧！"

我欲哭无泪。姐姐，不带这么抢功劳的！

买完票一回头，发现车站内的电子信息牌显示还有两分钟就要开车了，于是一家大小飞奔进站，下到月台，我又傻了：站台上停着两辆车，车头和电子信息牌上的字都不认识，该坐哪一辆呢？

一位司机大叔站在左侧列车旁，我心里打了个草稿，有些无奈地走过去，问他我们这张票是不是坐这辆车，然后大叔看了看我，又看了看票，指着电子信息牌冲我嘟嘟噜噜说了一大串……您老是就点头、不是就摇头就行了呗！说那么多干嘛！我真听得懂还用得着问吗？

猫同学此时再次体现了她的做事风格，见沟通无果，当先跨进车内，朝我招手道："别费劲儿了，就这辆！是不是先坐上再说！"

到后来我们对于买票这件事已经很熟练了，我才知道人家司机大叔的意思，因为车票上根本就没有印目的地，只有出发地和票价，所以，大叔既不能点头，也不能摇头，他只能告诉我，这辆车是几点的，开往大阪的。

对，还真就让猫同学蒙对了，这趟车真是开往大阪的。

由于下飞机后的一连串无脑行为，导致猫同学对我的信任程度从100分一下降到了不及格，所以在此后的十几天中，她一直很想挑战我的"导游"地位，这也导致我们父子俩跟着她蹚过了一片又一片的茄子地。风景明明在上面，她却拉着我们"钻地道"的情况时有发生。

电动门难倒英雄汉

我们在大阪的旅店位于南森町，距大阪站很近。一个小时后，从大阪站钻出来，猫同学歇过来劲儿，说什么一站路就不用坐地铁了，走着去即可。于是乎她自告奋勇，要用手机导航把我们带到酒店。好在一路还算顺利，顺便给瓜总买了一份麦当劳。到酒店时，也差不多晚上10点30分的光景了。

房间不大，但各类电器一应俱全。新鲜劲儿过后，我满以为今天应该可以洗洗睡了，却突然想起来一家人都还没吃饭。没办法，只得披上外套，硬着头

皮出去觅食。

大阪可不比国内，烧烤夜市能开到凌晨三四点。我走到地铁站附近，寻摸了好一会儿，终于发现角落里一家松屋还亮着灯，于是赶忙冲过去，心想买两份肥牛盖饭带走即可。

但是第一道关就拦住了我——电动门。国内的电动门，走近就自动开了，且只有大的商家才会装。但是日本的电动门，甭管多小的店，哪怕火车站里那种几平方米的杂货铺，也要装一个电动门。而且他们的电动门还不是自动开合的，在差不多门把手的位置，有一个黑色的长条按钮，上面写着"押……"一串日本字（我就认识这一个字），轻触一下，才会打开。

花了十几秒，我才算进到屋内，一屋子正在吃饭的大叔颇为好奇地瞧着我，估计心想：这小子乡下来的吧？开个门开了老半天。几天后我才知道，人家这可不是看乡下人的眼光，明明就是看外星人的。因为日本乡下也都是这种电动门……

满心以为尴尬到此为止，扭头一瞧：OMG，点餐机！

我已经忘了自己是怎么在一屋子人的注目下研究点餐机，怎么说外带，怎么提着饭出来的了。不过还好，不负所托，至少晚饭有着落了。

注：日本有几家全国连锁的盖饭品牌，几乎每座城市都有，最知名的包括松屋、すき家牛丼，还有吉野家。他们基本上都会卖一种肥牛盖饭，上面是中国人吃火锅的那种肥牛片，下面是米饭，日语叫牛丼。这些连锁店价格便宜，且二十四小时营业，如果玩得太晚导致没饭吃了，见到这些店可千万别再错过，填饱肚子是首要的。

松屋的牛肉盖饭，我买的标准分量，480 日元，味道还不错。

我们住的酒店叫大阪梅田东东横旅馆。东横 inn 是全日本连锁的一个酒店集团，遍布日本大中小城市，价格相对较低廉。但是东横在赴日旅游的游客中预订率并不算很高，我们在酒店中碰到最多的还是外地出差过来的日本人。

我之所以选择东横，其实地理位置和价钱并不是主要因素。他们有三项全国统一执行的规定很吸引我：1.凡是年龄不满十二岁的儿童，在现有房间下统统免住宿费；2.一律提供免费的早餐；3.大部分提供有 1.5 米以上的大床房。

这点需要解释一下，乍一看，除了免费早餐，和国内的也都差不多。其实不然，日本的住宿是按人头收费的，而中国大多按房间收费，一间房多少钱是定死的，你住进去一个人这价，住两个人还这价，哪怕住四个人，大部分也让你住，带小孩就更没人管了。但日本就不行，同样的房间，单人入住一个价格，双人入住又是另一个价格。如果带娃，甚至不同的年龄段收费也都不一样。所以，东横一律免费到十二岁以下，算得上是"良心企业"了。

然后就是床，床也是我日本之行最想吐槽的一件事。按理说日本人这些年一直鼓励青少年多喝牛奶，个头早就不再是以前那个样子了。为什么旅店的床还都是那么窄？如果在中国，双床标间，每张床的宽度基本上都在 1.2 米左右，单床双人间肯定要 1.5 米的床。1.8 米以上的才敢叫大床房。

可人家日本，两人入住的单床房，床宽普遍在 1.3 米—1.4 米。有 1.5 米宽就算大床房了，1.8 米则为豪华超大床房，有这种尺寸的床且价格合理的酒店少之又少。唯独东横，很多家店面都提供 1.6 米、甚至是 1.8 米的大床，这对于我们一家三口外出旅行的人来说绝对是一个福音！有孩子的可以试想，夫妇俩带着个两三岁的娃娃，天天睡 1.3 米宽的床，白天能有精神逛街才算是见了鬼呢！

既然是免费的早餐，自然不能太挑，能吃饱就成。

至于免费早餐，日本消费之贵大家早有耳闻，对我们这种穷游家庭来说，自然能节省就节省。东横的早餐，无论我们在大阪抑或东京，菜式几乎一样，两三种日式饭团、两种小面包、土豆泥、咸菜和味增汤及果汁。味道嘛……我保证大多数人都吃不习惯。

综上所述，东横的确是……好吧，我还是别说了，再说就有做广告的嫌疑了。

背朝大街的"冒烟儿"一族

吃完了早饭，又回到房间将所有东西收拾停当，把要用的归纳到一个包里由我这个"挑夫"背着，基本上都是瓜总的物品。然后带上我们的大阪周游卡，就可以出发了！

我们全程少有地可以从窗户看到外面的房间。

我们今天的目的地包括：大阪新世界、通天阁、天王寺动物园（亲子项目）、大阪海游馆（亲子项目）、大阪港天宝山大摩天轮、心斋桥、道顿堀和黑门市场。

不过在下到地铁站出发之前，我还有一件很重要的事得做——买烟！

抽烟喝酒是我多年来想戒却戒不掉的坏习惯。酒还好，至少不是天天喝，高兴的时候小酌两口，也不多喝。烟却不行，只要醒着，一天少说也得十来根。所以，自打昨天从武汉上飞机，打火机被没收后，就没再碰过烟。这会儿吃饱睡够了，自然就有些嘴痒。

可是瞅着大街上一个路口一个的香烟贩卖机我却发了愁。日本买烟是要在机器上刷身份识别卡的，证明你满十八岁了，才可以买烟。我一个外国人哪来他们本国的身份识别卡？手里攥着钱，看着玻璃柜里面一排排的烟，我眼珠子都快掉下来了，偏偏不能买，心里就跟猫抓似的。

没办法，我一直忍到了通天阁下面，那里竟然有一个卖烟的小铺，这下可算把我给解救了。赶忙冲过去，买了一包不知道什么牌子的烟外加打火机，花了500多日元，得合30多块人民币了。

一边走一边抽，我发现好几个路过的日本人会下意识地瞄我一眼，心下奇怪：怎么了？我就算看着面嫩，也不能比十八岁还年轻吧？三天后到了京都，在四条通我才发现，原来日本人一般不会边走边抽烟的。马路边广告牌背后，景区的角落里面，或是香烟店门口，这些地方往往都竖着公用的烟灰缸，日本烟民犯烟瘾的时候，大都停下，猫腰躲在这里抽，抽完了再继续赶路。至于站在街上肆无忌惮边走边抽的情况我只在一个地方见过——新宿歌舞伎町一番街。

说来是件好事儿，至少我觉得一方面烟不会乱飘，影响到旁人。而且孩子们见得少了，长大也许抽烟的就少。不过我不明白的是，既然日本人在大街上都能做到这么好，为什么就不能做到室内的公共场合全面禁烟呢？日本大部分饭店，都会划分为吸烟区和禁烟区，甚至连新干线也被分成了抽烟车厢和禁烟车厢。这点甚至还不如国内，真是一个令人费解的国家。

于是乎，我也只得被动加入这支"躲猫猫抽烟大军"。烟瘾来了，就先找个犄角旮旯儿，然后背对着满大街的行人，好似随地大小便一般，匆匆抽上两口是个意思就得了。为此猫同学没少吵我，因为我一直背着租来的那个无线上网盒子，只要我一躲起来抽烟，她就没信号，没信号就上不成网。不过她倒是每次都能找得到我，只要拿着手机，哪里 WiFi 信号强往哪里走就行了。

没有中心的市中心

第一天没有儿童推车，瓜总累了或是睡觉，全靠我一双肉膀子给扛了下来。好在今天除了动物园就是水族馆，他兴趣十足，到处跑着看。而坐地铁转场时刚好睡了个觉，总体来说已经十分配合了。

说实话，如果不是因为带着他，可能我和猫同学根本不会去动物园或是水族馆，

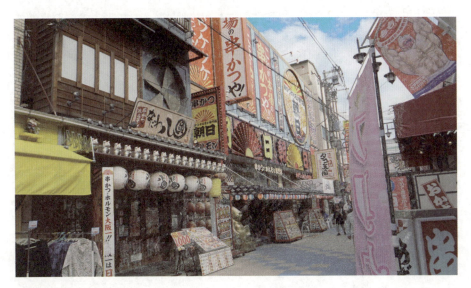

大阪新世界里面的花哨门头。

但大阪的天王寺动物园和海游馆也的确让我们对这些设施有了新的认识。

　　天王寺动物园就在大阪新世界隔壁，属于大阪周游卡的免费项目。里面成群结队的小学生，穿着统一的校服参观、野餐，而且整个园区毫无异味儿，甚至连河马池的水都清澈见底。十天后我们又去了东京的上野动物园，那里就没天王寺动物园这么干净舒适了。

　　大阪海游馆更是刷新了我们对水族馆的概念。票价不便宜，2300日元一人，瓜总照旧免费。这里除了那种弧形的水族箱长廊，最让人叹为观止的，是一个占地上千平方米，足足有五六层楼高的一个超大蓄水池，里面集中了上百种海洋动物。游人进入馆内，先上至最高层，然后围绕着这个蓄水池缓缓向下浏览，可以毫无死角地观察这个超大号水族箱里面的各种海洋生物。

　　而最让猫同学和瓜总激动的，则是在水族馆参观的最后一个环节：触摸池。一个浅浅的池子，里面有魔鬼鱼等好几种性情温和的海洋鱼类，只要先在一旁的洗手池净手，任何人都可以和它们零距离接触，抚摸、拍照。这一圈水池外面都有高低不等的小台子，方便各个年龄段的孩子亲手触摸海洋动物。

天宝山大摩天轮上的大阪港全景。

在大阪港玩爽后，我们只剩下了今天的最后一个目的地：心斋桥、道顿堀、黑门市场。其实这三个地方离得很近，都位于大阪市中心的最繁华地段。而猫同学也向我道出了她今晚逛街的主要目的：要在黑门市场找一家中古店（专门收购、贩卖二手商品的店铺），给瓜总采购一辆儿童推车。这样今后十几天就能够解放我的胳膊了。

黑门市场还好说，一听就知道是个市场，可是许多朋友不明白心斋桥和道顿堀是什么意思，而去查地图吧，却发现地图上的标注也不怎么明显。

其实这不怪地图，道顿堀是一条位于大阪市中心的运河，以邻近的戏院、商业及娱乐场所闻名。所谓的心斋桥，全名应该是心斋桥筋商店街，大阪最大的购物区，整条街道覆盖有顶棚，能让顾客在各种天气下都可安心逛街。而心斋桥筋和道顿堀交汇的地方，就是我们常常看到的那张最具地标性的画面——格力高巨幅广告牌。

所以说，无论心斋桥和道顿堀，都是有一定长度的，其间数个路口都可进可出，地图上没有标的那么明显也就可以理解了。

我倒不反对逛街，即使不买，瞧个稀罕也是好的。可是当我们来到黑门市场，我瞬间就没了兴趣。不是说黑门市场不好，而是它太普通了！普通到一切日用品，吃、穿、用、住相关的东西都可以在这里买到。加上同是亚洲人，肤色发色都一个样，我甚至怀疑是不是到了自家附近的集贸市场。

但猫同学可不这么认为，她在市场里逛得不亦乐乎。加上经过一天的熟悉和沟通，她也放得开了，甚至能和店老板们愉快地沟通上两三句。

瓜总与大叔的神秘仪式

终于，在市场的一个角落里，我们发现了第一家中古店。猫同学一个箭步冲进去，找了一圈也没能发现儿童推车，于是干脆拽着店老板，一位个子不高、穿夹克的中年大叔问道："Babycar？"

大叔刚开始有些晕，但一瞧我们抱着孩子，说什么"Babycar"，顿时明白，紧跟着，他就开始了让我俩有些郁闷的长篇大论。

不过连说带比画，我们倒真是明白了七八成。大叔告诉我们，他的店里没有婴儿推车，但是往前走两个路口，见到7-11的便利店右转，再走一点儿，有另一家中古店，他们那里有。

我们照他说的往前走了200米，发现越走人越少，也出了商店街，于是打算折回来再逛逛，不可能就那一家店有卖的。

可谁知大叔就站在路口盯着我们，眼瞧我们空手回来了，干脆店面也不管了，带着我们向前一直走到7-11的便利店，这才让我们右转。

没办法，实在太热情了，看样子想回是回不去了，我们只得继续向前走。走了没200米，路边站着另一位大叔，看到我们抱着孩子，主动过来问是不是要买婴儿推车。说那边的大叔已经打过电话了，竟然是嘱咐他特意在这里接我们。

进到这家店里面，新大叔和一位头发都花白的大爷立刻拿出一辆折叠婴儿推车给我们瞧。不过两个人捣饬了半天都没能把车子给撑开，猫同学走过去，随手捏了一下，咔嚓，婴儿推车完全打开，老老实实地站在了那里。看来真是"术业有专攻"啊。

猫同学观察了一圈，其实这辆车是给两岁以下孩子坐的，瓜总坐上略微有些小，好在他不胖，估计也是走累了，坐上去就不肯下来。我们问过了价钱，2000日元，折合人民币120多块，而且非常非常新，标牌都还没撕。那就再没什么可说的了，果断掏钱推车走人！第二天我在大阪的一家母婴店里发现了同牌同款的车，新的要卖4980日元。真的是捡着便宜了。

现在想想真的十分感谢那位中古店的大叔，不是人家的买卖居然还能如此热心。日本人对于顾客的热情、服务意识在这次购买婴儿推车时得到了充分的体现。

之前没有推车，我还觉得就算自己抱着娃走上十三天也没什么。现在则完全不一样了，两只手解放出来最大的好处就是可以拿相机拍照了，而且瓜总在车上想看就看想睡就睡，我们也不担心他到处乱跑，怎的一个"美"字了得！

这下猫同学也终于可以放心逛街了，就在她去一家店里面买袜子的时候，从隔壁的居酒屋里面走出来六位年纪在五十上下的大叔，显然是刚刚酒足饭饱。看到推车里的瓜总，一群人立刻不走了，当先一位个子最高的大叔，脸都喝得红彤彤的，隔着半米蹲在地上冲瓜总做鬼脸，逗得他咯咯直笑。而剩下的几位大叔也可能是被这一幕给感染了，扯了两下蹲在地上的那位，见他不肯走，于是干脆几个人排成一排，同时对瓜总做鬼脸，最后还站起来跳舞，用搞笑的声调唱歌，声势之大，惹得市场里面其他人都忍不住朝我们这边看来。

热闹了将近一分钟，大叔们终于偃旗息鼓，挨个和瓜总说"拜拜"后结队离开。自始至终，都没有一个人靠近瓜总半米内，也没有碰过他一下。我全程也从最开始的有点儿担心变为感慨，多可爱的大叔们！

目送他们消失在街角，这时猫同学从一旁的商店里钻出来问我："刚才干嘛呢？这么热闹？"我笑着回她："瓜总刚刚和一群老爷爷们完成了一个神秘的仪式！"

心斋桥筋和道顿堀相交界的中心区域。

注：日本有很多商业街都叫 XX 筋、XX 通，而且大部分都有防雨遮阳的顶棚，这样不会因天气原因而降低人们购物的热情。即使如小城奈良、沼津这些地方，也都有专门的商店街。大阪更是多，如心斋桥筋，我们住的酒店附近据说还有日本最长的商店街天神桥筋等。

偷懒无罪

对于长途旅行的行程怎么安排，许多人可能会觉得应该合理分布一下，尽量保证每天都能够平均，这样不会很累。可也不能太闲，让人觉得浪费时光。

而我倒是持不同观点：旅行时间在一周以下的，可以对此忽略不计，完全按照自己的喜好来安排行程即可。一旦旅行周期上升到十天，或更久的时间，就应当进行一定程度的设计和改变了。

古语有云："一鼓作气，再而衰，三而竭。"这句话其实同样实用于长途旅行，当刚刚抵达目的地，人们处在精力最旺盛也是最新鲜最好奇、最不知道累的时候。所以，如果有较为密集的参观、转场活动，一定是上来就安排进去，在保证不累垮的前提下多多安排；三四天以后，过了新鲜劲儿，这时候人的状态会趋于平稳，就尽量安排一些不那么折腾的，能相对轻松完成的旅行任务，包括自己最感兴趣的，一定不要一上来就去；从第七或第八天开始，人就会进入疲惫期，无论体力或是精力，都已经无法和刚到前两天时相比。这时候，每个人就要根据自己的实际行程来安排了，如果后面就剩下一两天，挺挺也能过去。可要是像我们这样，到了第七天旅程才刚刚过半，那就必须要腾出时间来休息、放空。

虽然对于每天花费高达上千元的国外游来说这堪称是一种浪费，但的确是必要的，设置调整期能够有效帮助你即使在长途旅行的最后两天还能够保持一定的积极性，而不是拖着疲惫的身子"得过且过"。

道顿堀标志，格力高的广告牌，可惜我们去的时候刚好在换新。

所以，如果花上一天的时间来休息，换取最后两三天的体力和精力，到底值不值得，各位看官心里当有个公论。

由于我们又带着孩子，提前预置好调整时间就显得更为重要。所以，为了防止瓜总因为太累而有个什么小病小灾，我干脆预留了两次调整期：分别是第七天和第十天，一天在富士山，一天在东京。调整办法就是上午睡到自然醒，然后在酒店里面归置归置行李，看看电视，轻松吃个午饭，下午再出去逛。

小小监督员

大阪的第二天，我们依然把行程排得比较满：大阪城公园—大阪历史博物馆—为猫同学预留的购物时间—梅田空中展望庭园—Hep Five 摩天轮。

头一天我就发现，无论我们去哪儿，天王寺动物园也好，大阪海游馆也好，都有大批的日本幼儿园小朋友、小学生在这些地方参观野餐。要知道这两天可是周三周四，正是上课的时候。想来真羡慕他们，我从小学上到高中，学校老师组织的外出参观、旅游，五个指头能数得过来，而且从来还都是周末。恐怕没哪个老师敢安排自己的学生在上课时间出去玩。

从距离大阪城公园最近的地铁站下车，出来就瞧见一大队小朋友，穿着统一的校服，露着细细的小腿，站在一幢建筑前，正听着老师讲些什么，看样子是打算入内参观。

这幢建筑方方正正、规规矩矩，外墙是很淡很淡的土黄色，怎么看也不像是景点之类的，不过我倒有些眼熟，似乎在什么电视节目里见过。

直到来在了正门，不锈钢的牌子上几个大字映入眼帘，我才恍然大悟，原来真的见过。

说来惭愧，我这二十年来是一直很想来日本，但我对日本，除了漫画，其他的真就不怎么感兴趣，包括日剧，总共只看过《东京爱情故事》和 2013 年在日本国内创下收视奇迹的《半泽直树》。而这幢建筑，正是《半泽直树》前半部中频繁出现的场景之一——大阪国税局。

大阪国税局，左下角那一队人就是等着进去参观的小学生。

不过让我好奇不已的是，国税局这种国家机关单位有什么好逛的？学校竟然还组织学生们来参观？但我就喜欢琢磨这些看似无关紧要，和旅行本身没什么牵扯的东西。一路观察到东京，我才渐渐得出结论：日本的政府机关单位，基本上都是全天候欢迎任何人进入的。你无须持任何证件，也无须在传达室登记，更不用打个电话什么的等里面人出来接你。走过路过，感兴趣了，迈步就能进去，根本不会有人拦你。

而且日本的学校的确会组织学生们去挨个参观这些政府单位，让孩子们知道这个国家是怎么运行的，从小培养孩子们的爱国意识，鼓励他们长大了能够投身于建设、管理这个国家的公务员队伍中来。而且如果天天有成群结队的孩子来参观，那些政府工作人员估计怎也不好意思在上班时间聊天、看报、嗑瓜子，也算是变相提高了工作效率吧？

所以，爱国、服务国家的意识一定是从小就通过参观、了解，一点一滴培养。只有这样，每一位最终投身于治理国家的人，才是全心全意地为国家服务、为人民服务，不掺杂一点个人的诉求在里面。

总之，甭管去哪，我和猫同学一致认为日本孩子上学真的好轻松，嬉笑玩乐间，既学习到了基础知识，了解了国家的历史，也强化了组织纪律的重要性，更是真真切切地看到，有那么一群可敬的叔叔阿姨大爷大婶，每天都在努力地建设着国家。这些看在眼里、记在心里的东西，远比背课文要强得多。

当然，这些参观学习不仅仅限于孩子小的时候，日本学生考大学的惨烈程度比国内不遑多让。我只是觉得，学什么并不重要，重要的是放在什么时候学、怎么学。

功夫娃初露狰狞

瓜总也是头一次看到公园里有这么多小哥哥小姐姐，跟在人家后面跑得不亦乐乎。唯一令我和猫同学担心的是，这家伙此时恰巧到了一个自我意识形成的阶段，他愿意去接触小朋友，但他还不怎么能通过语言表达，更多的是动作，接触方式有时候就显然让人无法接受——拍人家。

大阪城天守阁，如今只有文化价值，已经没有历史价值了，因为是 20 世纪重建的。

他的拍并不是那种很大力的打，而是像闹着玩一样的轻拍。但即便是这种动作，也让我们两个揪心不已。毕竟是在国外，把别人打疼打哭了总归不怎么好意思。如果家长刚巧在身旁，还要一个劲儿地鞠躬道歉。

但是，任你看得再紧，总会有跑神儿的时候。刚进大阪城公园没一会儿，这家伙瞅着个机会，照着人家一个坐在椅子上休息的日本小朋友腿上就是一巴掌。日本小朋友显得有些不愿意，冲瓜总嚷了句什么，我敢肯定他没听懂，但是这小子紧跟着又推了人家一下。

好在是坐在椅子上，没把人推倒，我赶忙跑过去拦下。孩子的母亲就在一旁，我只得一个劲儿用英语向人家说 "Sorry"。大人倒是很开通，笑着和我连连摆手，表示没关系，小事情。

从 2014 年 8 月份，瓜总就进入了这么一个时期，直到从日本回来后一段日子，他才渐渐脱离了这种见小朋友就上手的状态，这期间我们"打别人"或是"被人打"的情况不计其数。

其实绝大部分孩子都有这么一个时期，或长或短，或早或晚，这是不可避免的。孩子怎么做并不重要，重要的是一旁的家长如何来看待、处理这种事情。我对瓜总的态度是：别人打你，那你就挨着，觉得没事儿就继续玩，打疼了就哭两嗓子，打恼了大不了还手打回去，小孩子能有多大劲儿？被人打也不是什么大不了的事情，隔三岔五受点欺负也好，至少知道这个世上不是你想怎样就怎样的。但是如果你有事儿没事儿就想主动伸手去打别的小朋友，我就要和你说道说道了。总之一句话，我决不鼓励他和别人打架，也不助长这种行为。

就是这么一个简单的道理，相信每个思维正常的大人都应该清楚明白。但实际情况却是：在国内，自家孩子都是宝。孩子们在一起玩，相熟的家庭也就罢了，如果到了游乐场等公共区域，许多人就很难在孩子"动手"时做到公平、公正了，

打完人家挨了骂，嗷嗷哭，没办法又只得用棒棒糖哄他。

更不要提什么管教自家孩子。

我个人印象最深刻的就是有一次在自家附近的儿童游乐场，瓜总走到一个差不多大的小姑娘旁边，拿起了一个塑料做的蔬菜玩具。当时小姑娘根本没在玩这个玩具，但是见瓜总拿了起来，立刻就照着他的手狠狠地抓了一把，瓜总当时就疼哭了。我倒真觉得没什么，哭两下也就算了，可一旁那个小姑娘的妈妈说了句话，一下就把这件事的性质给变了。那位妈妈看似是在安慰瓜总，嘴里说的却是："不要哭啦！你看你非要抢小妹妹的玩具干嘛啊？你不抢她的，她当然就不会打你了。"

我当时听完真的很无语，教育孩子，每位家长都不是圣人，难免有不足之处，但为了偏袒孩子而随意往歪了讲，孩子以后可怎么办？

"挑"食专家

大阪，西日本最大的都市，市区面积的四分之一都来自于填海。大阪人口仅次于东京和横滨，而经济总量则远远超过横滨，排名日本第二。

大阪干净整洁，商业结构层次丰富，可玩的、可看的地方也很多。可以说，无论何等收入人群，在大阪总能找到适合自己的消费圈子。

而最关键的一点，大阪有"日本人的食堂"之美誉。在这里几乎可以找到日本所有的饮食品种，而许多日本人热衷的餐饮、小吃也都起源于大阪。

大阪烧，就是大阪的标志性餐饮之一。

站在天守阁上拍的，上来时开电梯的小姑娘很厉害，能流利地讲中、日、韩三国语言。

大阪烧是一种日式蔬菜煎饼，混合了鸡蛋、面粉、蔬菜、肉、虾等食材，将这些食材一同搅拌，放在铁板上煎制而成。再刷上特制的酱油、酱汁，色泽鲜亮，口感浓郁，且营养丰富。

其实去哪里吃什么，我和猫同学来之前只是简单地商议了一下，大概罗列出几样我们想要尝试的日本料理，并没有做进攻略里面去，当成"必须执行项"。不是说我们不怎么看重吃，而是因为带着娃，你不能让孩子和大人一样，为了吃专程跑去，早一会儿晚一会儿都不行，早了，孩子不饿，再强迫喂他也不吃；当孩子饿的时候，这边哇哇哭，你却要赶去排队吃那个自己想吃的，就更说不过去了。

所以，纵然我俩也很贪嘴，很想在大阪的饮食海洋中肆意穿梭游荡，但是为了瓜总，只得暂时压下了这股冲动，以孩子能吃、肯吃，饿了就有吃的饮食为主，如果恰巧碰上了某样我们想吃的，就顺便去体验一下即可。鹤桥风月的大阪烧，就是我们无意间邂逅的。

头一天在大阪新世界拍到的鹤桥风月。

　　鹤桥风月，老字号的大阪烧连锁店。几乎大阪每一处商业聚集地都有它们的身影。我们第一天从天王寺动物园出来，去新世界找地方吃午饭的时候，路口就有一家挺大的鹤桥风月。可当时恰巧有两辆擦得锃光瓦亮的水泥罐车从路口经过，我和猫同学只顾去赞叹工程车擦得太干净了，居然没能发现街对面的鹤桥风月，而是转身进了身后的另一家店。直到我们回到家，在整理照片的过程中我才发现这个情况。

　　好在第二天，我们一路走到了梅田站附近。正发愁午饭如何解决，另一家鹤桥风月就突然蹦了出来。

　　我们进来后只点了三样东西：加面条的标准大份大阪烧（1398日元），外加一杯可乐（350日元）和一杯啤酒（500日元）。鹤桥风月一般会由店员帮食客直接做好，全程无须你自己动手，不过耗时很长，大约要二十分钟后才能吃到嘴里。等到他们抹上那层"假冒荷包蛋"，关了火，就说明可以吃了。

这么一份大阪烧，如果是女孩，两个人应该可以吃饱，吃不饱可以加一份铁板拉面。我们一家三口也只吃了一份，谈不上吃饱，但一时半会儿也不会饿。

错过，也是一种美

这家鹤桥风月就坐落在阪急百货的一侧街角，站在门口就能瞧见 Hep Five 的大红色摩天轮，这是猫同学此行很想坐的一个设施，大阪周游卡免费项目。不过我拿着周游卡的说明书瞧了一下，无奈地告诉她，今天周四，刚好是摩天轮停业检修的日子。两口子推着瓜总，站在街面上瞧了一分多钟，发现它的确没有转动，

阪急百货，看过《半泽直树》的朋友会对这里很熟悉。

站在楼下堂吉诃德门口，抬头就能瞧见这个大红色的家伙。

猫同学只得无奈放弃，眼神中满是失望。她知道，我的行程安排极为紧密，如果今天坐不上，就不会再有机会了。

旅行和人生一样，总会有很多的错过、很多的不舍和很多的抉择。没有人可以做到一辈子把所有的精彩都揽入怀中。有的人感慨自己没钱，但他不知道，他得到了更多的轻松、自由、时间，又有几个自己做生意的人能够每晚都睡得踏实，完全不去想生意上的琐事？

有人在肆意挥霍着自己的时间，却在抱怨没钱；有人在挣着你兜里的钱，却在抱怨太忙而没有时间。不管别人怎么说，我始终认为这个世界是公平的。那些生下来就比我有钱、锦衣玉食的人，我相信当某一天我和他同时身无分文时，我能够很好地活下去，并且再次一点点地积累起来，而他们就很难说了。我就是一个平常人，我不愿身家上亿而丧失掉所有的时间，也不愿意因为太懒太闲而错过人生的风景。所以我只让自己比别人多努力一点点、多挣一点点，多和身边的人一起去看个风景，仅此而已。

旅行中的错过对我来说也是种美。那是一颗颗能让人变得不甘、贪婪，更加有拼搏欲望的种子，种在心里，激励着我回来努力工作、努力生活，只待下一次的开花结果。

　　看着坐在车里的瓜总，我只希望他能平安成长就好。长大做什么、怎么做，那是他自己的选择，我无权也不想现在就替他谋划。浇水、施肥是我的义务，开什么花、结什么果，那就是他的自由了。

没三脚架是拍夜景最大的遗憾。

　　不能坐摩天轮，我们就只好赶往下一个目的地——梅田空中展望庭园。它位于大阪、梅田站的西北方的梅田蓝天大厦顶楼，是鸟瞰整个大阪市的最佳观赏地。

　　从地图上来看，大阪站去往梅田蓝天大厦一点儿也不复杂，穿过那一片铁路就到。但是怎么穿、从哪里穿，却成了一道难题。我和猫同学推着娃来来回回跑了两趟，才终于发现在一片林立的高楼背后，藏着条毫不起眼的地下通道。

走过 400 多米长的通道，梅田蓝天大厦就在眼前。蓝天大厦的空中展望庭园依然是周游卡免费，它离地 173 米，可以看到整个大阪的夜景。它的观景台分上下两层。下层在室内，环绕一圈都设有白色的观景卡座，游客可以坐在里面安静惬意地观赏大阪夜景；坐电梯还可到达位于楼顶的室外展望台，这里没有玻璃更方便拍照。地面居然还有一种十分梦幻的星空效果。

此时猫同学的脚已经濒临罢工，而最让她崩溃的是，梅田蓝天大厦这里没有任何地铁线路，也就是说我们想要回酒店，必须再次走过那条 400 多米长的地下通道，到梅田站那里坐车才可以。

摩天轮最大的特色是，你可以把手机放入座椅后的公放音响里面，可以一边听音乐一边慢慢观赏。

当我们拖着疲惫的双腿再次来到 Hep Five 的时候，红色摩天轮居然在慢慢地旋转。我们夫妻二人对视一眼，二话不说，上！

谁说错过了是一种美？能赶上才是最美的！

大阪印象：

1.作为"日本人的食堂"，大阪几乎汇聚了日本的所有美食。大阪干净，生活有序，人相对东京要少得多。在我们的十三天行程中，猫同学印象最深的就是大阪，反复说如果有机会再来日本，她首先选择大阪。

2.大阪的地铁线路规划比较合理，不复杂，而且去往神户、奈良、京都及和歌山、宇治等小城都十分方便，是在关西旅游的最佳落脚地。

3.心斋桥、天神桥筋两大商业街自不必说，大阪满街遍布药妆店，女性随便走走逛逛都有得买，东京街头的小商店真没大阪这么多。

总之，大阪很不错，个人也感觉比繁忙的东京要更适合旅行。

大阪旅行必备品：大阪周游卡。

我们的行程安排：

第一日：通天阁新世界—天王寺动物园—大阪海游馆—天保山大摩天轮—心斋桥、道顿堀。

第二日：大阪城公园—大阪历史博物馆—本町附近母婴店—大阪梅田站—梅田空中展望庭园—Hep Five 摩天轮—天神桥筋商业街。

大阪其他热门景点：美国村、四天王寺、住吉大社、大阪环球影城等。

本章小贴士：

1.大阪周游卡的起止时间以每天凌晨 5 点为界。一日卡不论当天何时开卡，第二天凌晨 5 点作废，二日卡顺延一日。

2.大阪周游卡的使用办法：乘坐公共交通，和普通地铁票一样，投入检票机再取走即可。进入观光设施，将周游卡交给设施工作人员扫描卡片上的条形码即可。

3.关于买二手婴儿推车的问题，这个真不保证到了就能买到，因为中古店的所售商品并不固定。

4.关于大阪站和梅田站，其实这是一个地方，两个名字。大阪站指的是 JR 火车站，梅田站则是阪急线路、地铁线路的叫法。

5.点餐机的使用：先投钱，然后选择要买的定食，选择完成后按最下方的找零钮即可，最后把餐券给饭店的工作人员。

第三章
奈良，鹿满为患的古城

"一半是天使，一半是魔鬼"，往往被我用来形容瓜总。听话的时候，温柔可爱，大眼萌娃；癫狂的时候，犹如台风过境、末日浩劫。闹完哭过，鼻涕一抹，风一般地跑了，却留下散落满屋的玩具。我本以为能让我有这样看法的只此一娃，别无分号。没想到，3000多千米外的日本小城，还藏着不少这小子的"同类"。

父子"统一战线"

　　大阪周游卡于今日起正式到期作废，我们也开始了频繁的到处买票。今天，我们将离开大阪，首次进行城市间的切换，先到古都奈良，游玩一天后，再坐车赶往京都的酒店入住。

　　这里要说一点的是，我个人感觉，日本铁路和地铁的售票其实更人性化一些。中国的地铁售票机多数为先选择你要到的站，然后售票机提示你要给多少钱。日本刚好相反，他们是你先在上方区间图中看清楚到达目的地需要支付多少钱，去售票机上面选择那个对应的钱数，投币，就 OK 了。所以日本的车票人家不管你去哪，只要到达该车站所需的金额和你的票面金额相符，你就能出站。

　　奈良，古称大和，城市森林覆盖率高达 60% 以上，人口稀少。奈良位于日本纪伊半岛中央，近畿地区的中南部，东邻三重县，西接大阪府，南接和歌山县，北连京都府，为内陆县，是日本历史和文化的发祥地之一。拥有众多的古寺神社和历史文物，享有"社寺之都"的称号，被日本国民视为"精神故乡"。

　　听起来有点很厉害的感觉，其实奈良和大阪、京都比起来要小得多，如果不是深度游，半天时间，把几个标志性的景点一逛，基本上就可以结束奈良的行程了，这也是我为什么要晚上还赶到京都去住的原因。从个人情感来讲，我当然愿意住个三五天深度游一下，一方面是签证不允许，另一方面猫同学的脚也不允许。所以，我们今天的目的地只有两个，东大寺和春日大社。至于奈良公园……到了奈良，就等于到了奈良公园，公园和市区完全无缝衔接。

奈良的鹿随处可见。

提起奈良，如果有人知道，就一定会脱口而出："奈良有好多鹿！"是的，猫同学也是抱着带瓜总逛动物园的心态才跟我来的奈良，她对什么东大寺、春日大社这些景点并不怎么感兴趣，可以说一路上对我安排的寺庙、神社等参观项目是深恶痛绝。同样地，我对她逛商店街、免税店也持相同态度。旅游就是找准目标，各取所需。但是我坚信我们的这个"三人旅行团"，瓜总会始终和我站在同一战线上的。

不过，我们出了车站的第一件事可不是找鹿，而是先给没怎么吃早饭的瓜总找点能喂饱他肚子的东西。很快，猫同学就发现了一个饮料摊，和国内的便利店一样，他们也用一个小小的保温箱装着许多热乎乎的包子，但是价钱可不含糊——

220日元一个，合10块多人民币一个！

没办法，贵也要买，午饭在哪儿吃都还不知道呢，总不能让娃现在开始就饿着肚子。

来到奈良，传统日式建筑增多，这在大阪是难得一见的。

买了个大肉包，坐在绿油油的草地旁一边喂娃，我和猫同学不由得赞叹，真是一座城市一个样。昨天还在繁华的大阪跑着赶场，今天一下就优哉游哉地坐在小城里看风景。日本的小城也的确很容易让人产生好感，传统的日式建筑隔不远就有一幢，配以花园小景，屋后是郁郁葱葱的山林，说不出的悠然惬意。

两手空空萌瞎眼，不给吃的就翻脸

走着走着，我们发现，马路边开始隔不远就竖块牌子，警告开车的要减速慢行了，前方随时可能有鹿跑出来。而当我们离着老远瞧见第一头鹿时，也不过刚从车站走出来300多米，纵使这些鹿不怕人，它们还是和人类划分得很清楚——山下是你们的，山上则是我们的。虽然没有任何隔离阻拦措施，但鹿很自觉地从不往山下人多的地方去。

猫同学瞧见鹿，立刻就兴冲冲地推着瓜总冲了过去，两个人围着一头小鹿又是拍照又是抚摸，不亦乐乎。

倒是路边的一块牌子引起了我的注意，上面的大概意思是：奈良的鹿皆为野生鹿，具有一定的野性、攻击性，虽然性情温顺，但在特殊情况下有可能做出攻击人类的行为，提醒游人要注意安全。

不过瞧着他们母子俩和那头小鹿玩了近一分钟什么事情也没有，我就没再当回事儿。

玩了一会儿，我们后面又跟上来几位操着台湾口音的年轻人，附近的鹿见人一多，也都慢慢地靠了过来，非常配合地拍照、接触。

几个台湾年轻人还在看那块警告牌，猫同学却发现牌子后有一位卖鹿饼的大叔，150日元一包鹿饼，买了可以拿来喂给鹿吃，于是直接跑过去买了一包，回来打算和瓜总一起喂小鹿。

大叔还在乐呵呵地提醒着什么，几位台湾年轻人也在好奇地观察着我们，跃跃欲试，但是，紧接着的一幕发生了：附近的十来头鹿见猫同学手里面打开了一包鹿饼，立刻全围到了我俩身旁，猫同学有点儿害怕，捏了一块出来，立刻把剩下的都递给了我。

这群鹿也不知道饿了多久，站在身前的还好，它知道能喂到自己，但是在身后的就不干了，它们会想方设法引起喂食者的注意。仅过了一秒钟，猫同学就嗷地惨叫一声，嚷道："啊！它们咬我！"我还没来得及管她，屁股和大腿紧跟着两下剧痛，也被身后的鹿袭击了。

我只得立刻把手中的一包鹿饼都扔在了地上，拽着猫同学逃出了这群家伙的包围圈。

两人逃到瓜总身旁，检查了一下伤势，虽然疼得很，好在这些食草动物的牙都是平的，不至于受伤出血。我的牛仔裤厚，挨了两下没什么，揉揉就好了。可惨了穿丝袜的猫同学，左小腿被一头鹿狠狠地来了一口，顿时一大片青紫。

看到我俩的遭遇，一旁的台湾年轻人顿时没了喂鹿的兴趣，大叔把鹿饼递给他们，一个个脑袋摇得跟拨浪鼓似的，捂着屁股就跑了。

打这之后，猫同学就再也不敢靠近鹿三尺之内了，原本搂着脖子照相，高兴得很，现在看见了都要绕着走。不过我俩还是幸运的，在没把鹿饼递给瓜总前就着了道，如果给了孩子，后果不堪设想。所以，如果有带孩子来奈良旅游，家长一定要做好保护措施，不要让孩子和鹿长时间零距离接触，避免激怒它们，也最好不要让孩子去喂这些家伙，当心受伤。别以为这些外表温顺的家伙没有杀伤力，它们充分诠释了什么叫作"一半是天使，一半是魔鬼"。

神殿内的喧哗

奈良旅游景点也不算少，但是数得上号且知名的，也就是东大寺和春日大社了。

大佛殿。

东大寺是日本华严宗大本山，又称大华严寺、金光明四天王护国寺等，是南都七大寺之一，距今约有一千二百余年的历史。1998 年，东大寺作为古奈良历史遗迹的组成部分被列为世界文化遗产。其最知名的就是东大寺大佛殿，正面宽度 57 米，深 50 米，为世界现存最大的纯木造建筑。大佛殿内，供奉着高 15 米的卢舍那大佛。

猫同学自从被咬后，情绪降到了最低点，跟着我们爷儿俩走时不时地跑神儿，一会儿问我被鹿咬了会不会有事儿，一会儿又问我要不要打狂犬病疫苗之类的预防针。我只得一直给她吃定心丸，仅仅是青了一块而已，又没破皮又没流血，何况还隔着层袜子，不至于的。

东大寺固然气势宏伟，结构之牢固令人惊叹，但大佛殿内人气最高的，则要数出口处的一根柱子。

这根柱子底部有个一尺见方的洞，横贯整根柱子。据说任何人只要能钻过去，就可保一生健康平安。我回国后还特意上网查了查，但并没有找到关于其可信靠谱的解释或传说。但是看那洞的样子，千百年来也不知钻过了多少人，两个洞口和洞壁都被磨得极为光滑。

我们来到这里的时候，一大队中学生正排着队去钻。别看洞小，80千克重

瓜总钻过来毫无压力。

的人要过去也不在话下，但是不要人帮忙，只凭借自己的力量钻过去，并不是每个人都能办到。

就在瓜总的前面，所有的中学生都过去了，轮到一位领队模样的中年人，他最后也要钻，一旁的孩子们嗷嗷叫地给他加油打气，气氛热烈得很。可这位大哥觉得只是钻过来有点没意思，故意发出看似是被卡住的叫喊声，惹得大殿内所有人都哄堂大笑。

日本人对佛教神明一向尊敬有加，但在国宝级的寺庙大殿内如此喧哗嬉笑

我还是第一次见到。不过他们对此分得很清楚，有些庙宇，百无禁忌，入内干什么都行，东京的浅草寺甚至连堵像样的围墙都没有，完全的开放式结构，而有的寺庙隔着老远就挂上牌子告诉你：此处禁止喧哗、禁止拍照。

总之，日本人虽然号称"超有礼貌的民族"，其实他们对文化的包容性，以及开放度都很高，不管在哪里，只要不存在很明显的带有侮辱意图的行为，都可以被接受。

四条腿的"小偷"

今天已经是我们来到日本的第四天，猫同学的脚已经开启了"省电模式"。我大致算了一下，第一天刚到不算；第二天，还没买推车，一家人狂奔一天，没一点儿问题；第三天，基本上到了下午三四点就不愿意走了；而今天，才刚刚逛了一个东大寺，还不足两个小时，再加上被鹿咬的心理阴影，看着通往春日大社那一眼看不到边的参道，猫同学果断宣布"罢工"。想去，我们爷儿俩自己去，她就在这儿等着。

没办法，我只能卸下包袱都交给她，一个人推着娃向上走去。

春日大社于768年为了守护平城京及祈祷国家繁荣而建造，是藤原氏一门的氏神，由武瓮槌命乘鹿的传说而来，把鹿作为神的使者。所以这也是奈良如此多鹿的原因。

春日山的春日大社是日本全国各处的春日大社的总部，与伊势神宫、石清水八幡宫一起被称为日本的三大神社。春日山作为春日大社的神山，千百年以来都被禁止砍伐，因而覆盖着广袤的原始森林。这些原始森林作为与春日大社不可分离的景观，和春日大社一起被列入联合国教科文组织的《世界遗产名录》。

参道两旁供奉的常夜灯几乎一盏挨着一盏。

　　前一刻，在外面的公路上还艳阳高照，可一上春日大社的参道，立刻就是遮天蔽日的大树荫。道两旁的常夜灯由于经年不见日光，都覆盖着厚厚的苔藓，且有的甚至腐蚀严重，历史的斑驳印记在这里体现得淋漓尽致。

　　不过我着实要吐槽一下日本这些神社的参道。外面马路修得那么好，干嘛非得把参道都给铺成松松软软的石子路呢？我推着婴儿推车没走两步，轮子就都陷了进去，结果本来省劲儿用的推车，推起来比犁地还累。没办法，只得又推着瓜总回去，把车子也扔给了猫同学，父子俩徒步上山。

来到奈良，和大阪最大的一点不同就是，开始不断出现穿和服的女性。各式各样、各色花纹图案的都有，在这枝繁叶茂的大森林里，漂亮得好似一只只花蝴蝶。

我是没什么研究，但猫同学看得多了，渐渐都能分辨出哪些是租来体验的游客，哪些又是真正穿着上街的日本女性。而这其中，要数中国和韩国的年轻女孩儿们最喜欢租和服穿。

我拉着瓜总走到春日大社的介绍石碑前，就碰到这么一幕：操南方口音的一家三口，看到一位穿和服的美女在春日大社的石碑前拍照，儿子和妈妈低头交谈片刻，然后道："你们要是想合影，我去沟通一下？"说完，走到那位美女身旁，用英语表达了想要合一张影的想法，没想到话未说完，美女先开口了，正宗的京腔儿："我中国人！"

猫同学看久了也难免有些心痒，路过一家专门租和服的店时还跑进去看了看，但回来的时候一脸沮丧，不住地摇头道："不行，那裏得勒得叫一个严实，还没穿好我估计就憋死了。"

不穿也好，省钱，租一套和服少说也要三五千日元。但是关于猫同学的另一点，我十分不满意，这丫头简直是个手机怪，走哪里就抱着手机聊到哪里，在国外也不闲着。等我带着瓜总从春日大社的山上下来，她还在那低头聊着天，而身后的推车竟然被一头鹿拖着走了十几米都没发现。

"快抓小偷！"我抱起瓜总嚷嚷着就朝她冲去。猫同学吓了一跳，回头一瞧，那头鹿正从她的包里叼了一袋子东西出来。

那是我们刚在东大寺给家里老人买的长寿箸（就是祈福老人长寿的筷子）。

眼瞧这个四条腿的"小偷"叼着就要跑，我哪肯？指着它冲猫同学喊道："快去抢回来啊！"

没想到猫同学反应比我还快，一把将瓜总抱过去，看着我道："你去抢！"

得嘞……我明白了，这位姐刚被鹿咬过，指望她去把东西从鹿嘴里抢回来肯定没戏。我叹口气，无奈朝那个家伙追去。

多年后，奈良还流传着这样一个邪恶的传说：一个风和日丽的午后，一位三十多岁、凶神恶煞的大叔，在草丛中发疯般地追上一头小鹿，然后从鹿嘴里抠出了些什么东西，这才放过那头可怜的精灵，碎碎念离开……

至少，奈良的鹿对我和猫同学来说再也和"可爱"两个字无缘了，一个说它"吓人"，一个嘴里则不停地念叨着"小偷"。

顶配与国标的区别

东大寺和春日大社，我铆足了劲儿仔细逛、一点一点逛、追着鹿逛，还是在三个小时后结束了行程，一家人回到近铁奈良站附近找吃的。

日本的好多城市，都有较为集中的商店街，而且大多和大阪的心斋桥筋一样，覆盖有遮风避雨的顶棚。奈良别看不大，也有这么条商店街，就在近铁奈良站的旁边。

我们在商店街里来回溜达了两趟，也没能找到合适的饭店，不是里面空间过于狭窄不适合儿童，就是价钱太贵，看一眼就被吓跑了。

日本人很喜欢逛这种商店街，特别是小城，人几乎都聚在这里。

　　这边父子俩饿得叽哇乱叫，那边猫同学站在一个幼儿园门口反倒不走了。我推着娃跑过来一瞧，才知道她看上了人家妈妈专用的自行车和宝宝椅。

　　日本即使是自行车上面装的宝宝椅，也是有一套行业标准的，比如腿、头、颈几个重要部位必须要保护得到，宝宝椅上必须有安全带等防护措施。无论从做工、质量，还是美观度来说，这些儿童安全座椅都十分能吸引女性的眼球，最大的能比汽车安全座椅还大。

　　猫同学这回算是落下了病，吃饭的时候反复在和我说那些宝宝椅，看样子很有买一个带回国的冲动。

　　我倒不以为意，骑自行车带孩子哪里来的那么多讲究？小的时候不都是在大人自行车后支架上装个手抓的"T"字形铁架就成了么。别说我小时候，现在很多家长用自行车带孩子都还只是简简单单的一个木头板座外加一个"T"字架，几乎成了国人的标配。

　　但是猫同学一句话直接打断了我的理论："你小时候从自行车上摔下来过几

次？"

……头朝下两次，平摔得有三五次，摔断胳膊一次……好吧好吧，我此刻觉得我头朝下摔下来后还能记起这么多事儿真的是万幸！

瓜总中午吃了不少，日本的饭挺适合他的口味，不咸不淡，而且我们中午还特意要了两份双拼的饭，即每人份都是一碗盖饭加一碗拉面，想吃盖饭就吃盖饭，不想吃就吃面，反正总能找到合适的口味儿。

今天的原定计划是，在奈良游玩之后，如果时间尚早，我们会在前往京都的路途中间下车，前往传说中的伏见稻荷大社。可是等我们吃完饭取了行李去买票时，已经是下午3点了。日本的时间又比国内早一个小时，5点天就黑，于是我只得暂时放弃伏见稻荷大社，先行前往京都，待明后两天有机会了再折回参观。

售票机里钻出个好好先生

今天是我们第一天开始买票坐车，虽然生疏，但猫同学有了第一晚在关西机场的"成功案例"，主动承担起了买票重任。不过巧的是，以往几乎没怎么有人排队的售票机，今天的近铁奈良站却排出了好长一支队伍。在好奇心的驱使下，我推着瓜总上前一瞧，发现原来是位老奶奶正在队首买票，也不知她是看不清屏幕上的字还是点选错误，一直没能成功出票，只得站在那里不停地点，颇有些无奈。

不过日本人真的很有规矩，即使最前面这位再慢，后面的人也不会展现出哪怕一丝的不耐烦，都是一脸平静地在队伍中静候。

终于，老奶奶感觉自己真的是搞不定了，似乎按下了售票机上的求助键，售票机里面发出阵阵嘟嘟声。

紧跟着，奇葩的一幕出现了，仅仅只过了两三秒，售票机旁的隔板突然被从内打开，一位年纪和我相仿的戴眼镜小胖子竟从里面探出半个身子来！侧身查看那位老奶奶的购票情况。

我惊呆了，这让我想起几年前看过的一张动态图片，上面就是有一个人正在购票，然后点了一下求助，然后售票机旁的小门打开，一个车站工作人员从里面钻出来帮你解决问题。我一直以为那是真人秀，为了搞笑而专门这么拍的，没想到今天竟然得见，是真的！顿时无比佩服日本人的服务意识。难道每台售票机后面都会整天蹲着这么一位吗？

而此时那位老奶奶显是有些焦躁，较大声地和那位钻出来的车站工作人员说着什么。小胖子查看后，可能发现的确是售票机出现了些故障，一直不停地和老奶奶说着对不起，每说一次还要欠身鞠个躬。他那个身材本来就有点胖，还是从里面探出来的，所以每一次鞠躬都显得比较费力和滑稽，但是在老奶奶停止"唠叨"之前，他始终面带歉意地边鞠躬边道歉。

不得不感叹，日本人算是把"方便顾客"这一信条做到了极致。这十三天里，无论我们在景点、公交系统、车站、酒店，都能够体验到无微不至的关怀和照顾。日本几乎所有的景点都能保证游客在乘坐轮椅的情况下完全无障碍游览主要路线，而各类公共区域，凡是残疾人、孕妇、带小孩子的家庭，都会被服务人员引导至快速通道，降低排队等候的时间；而每当我们入住酒店时，酒店前台会满含微笑并耐心地向我们解释他们的所有设施和政策，再小的饭店，看到我们带着孩子，都会主动拿来一套儿童专用餐具。

日本人深知，他们的国家，资源匮乏且灾害频发，从地缘位置这一硬性条件上来讲，日本甚至在全世界国家中只能排中下游。但是他们通过全民族的这种精神，对诸如服务等软实力的至高追求，有效弥补了资源的不足，从而跻身于发达国家行列。

我在构思这一整部书的时候，始终都在极力避免拿一些别人高的地方和我

开往京都的列车，沿途风景也很迷人，关键是天，太蓝了！

们低的地方做比较，毕竟我不是社会学的专家，况且对象是曾经在历史上有过恩怨的国家，无论说得好与不好、对或是错，都会有一些异议。

但有时候，特别是短时间内遭受巨大反差的对待，的确会给人一种很郁闷、不吐不快的感觉。十天后我路过西安去逛陕西省博物院，瞧着长长的领票队伍，已经在日本尝到带娃甜头儿的猫同学极力怂恿我去一旁无人排队的绿色窗口看能不能领两张票，毕竟带着幼儿。结果我走过去询问，窗口里的大姐头也不抬

地背课文一样告诉我："带孩子不算特殊人群！老年证、残疾证、军官证……"

如果规定如此，那也没什么好说的。但当我拖着行李去领票窗口对面的行李寄存处存包时，存包处的大姐一边惬意地喝着茶一边生硬地告诉我："存包柜满了！没地方了！"我说那怎么办？我票都领了，我怎么进去呢？屋里面飘出来一句："站这儿等吧！什么时候有人取走了，什么时候把你的收进来！"两人纠缠了半天，说尽好话。我偶然瞧见屋里还有一片地方，放下我的行李箱完全没问题，也不会妨碍到她。当指给那位大姐看后，她一脸的不情愿，一边接过箱子一边冲我嘟囔："就你能！你说放下就放下啊……"

所以说，便捷、高质的服务，在我看来绝非只是一个工作习惯的问题，那不是一个规范、一个条例就能办到的事情，而是刻在骨子里的一种精神，一种对待工作、对待事业、对待他人的无限热忱与谦和态度，这一点的确值得我们去研究和深思。

奈良印象：

- -

1.每座城市都有它自己独特的风格，但没有城市能够像奈良一样毫无违和感地把现代化城市、公园、原始森林进行完美衔接，将其融为一体，且相得益彰。

2.奈良是一座古城，也是一座小城。如果你是狂热的消费购物分子，那奈良绝对是日本之行可有可无的一处地方；如果你怀抱着有关人生的思考与追求来奈良，那即使是道旁一盏侵蚀百年的常夜灯、一棵毫不起眼的参天大树，也足以让一个人沉醉半天，探思灵魂最深处。

3.历史在这里被定格，正如那千百年从未被砍伐过的神山，静静地、淡然地与红尘相伴。转眼又是一个千年。

我们的行程安排：

半日游：奈良公园看鹿—东大寺—春日大社—东向商店街。

奈良其他热门景点： 唐招提寺、奈良国立博物馆、兴福寺、二月堂、手向山八幡宫、若宫神社、新药师寺。

本章小贴士：

1. 大阪、京都前往奈良同时有 JR 线路和私铁线路。所以奈良也有两个车站，JR 奈良站和近铁奈良站，两个车站离得很近，步行五分钟即到。

2. 奈良的鹿的确都是野生鹿，所以一定要注意安全。

3. 奈良的主要景点相对集中，步行均可到达，基本无须搭乘交通工具。

4. 许多人来奈良游玩，早上到下午走，行李可考虑寄存在车站的自助存包柜。

第四章
京都，世界文化遗产的宝库

那抹红已在我梦中飘荡多年。当这一时刻终于来临，亲自用手去触摸时，心中只剩感叹岁月的蹉跎。这是我心目中的样子吗？是……又好像不是。你的模样终于在我脑中具象化，可从此却淡了时间，深了思念……

"蒙"来的火车票

　　在此次行程中，京都、富士山、镰仓是被我列为"重中之重"的三个目的地。在前往京都的列车上，有那么一瞬，我突然有种想要放弃京都的打算。我不知道这个深藏在内心的念头是如何产生并冒出来的，也许是对家中的那些挂历页太过于印象深刻，我怕等真正看到了，却又是另一番模样。

　　但瞧着身旁的瓜总，我很快又恢复了平静，这件事情，始于父亲，终于瓜总。无论我的感受如何，我都必须要把它当成一项人生任务来完成。

京都站，到达！

　　自794年桓武天皇迁都平安京，到1868年明治天皇东京奠都为止，京都一直都是日本的首都。长年的历史积淀使得京都拥有相当丰富的历史遗迹，也是日本传统文化的重镇之一。市内有超过二百家的博物馆，被联合国教科文组织列为《世界遗产名录》的文化遗产就多达十七处，是全日本最大的观光都市，名副其实的"博物馆之城"。每年到访京都旅游的全世界游客多达五千万人次。

这么多的历史古迹，就算给足一个月也未必能够一一浏览，而我们只有两天的时间，我只得列出几个名气最大，也是我最想去的地方，其他的就只能等待今后有机会再说。

京都站是日本近畿地区的重要车站，西日本旅客铁道（JR西日本）、东海旅客铁道（JR东海）、近畿日本铁道、东海道新干线列车均在此停靠。同时，京都站也是京都的商业中心，是人们购物、娱乐、餐饮、休闲的主要集散地。

但我和猫同学下了车却没心情先去逛商场，因为我们要立刻预订两天后前往富士山地区的新干线车票。

京都是我们关西六天的最后一站，结束后，如何从关西前往富士山，一直是最让我纠结的事情。按照最早的计划，我是打算乘坐夜行巴士（就是国内的长途卧铺大巴）前往富士山的，这种形式票价低，不占用白天游览时间，且能够省掉一晚的住宿费用，是最合算的方式。但考虑到瓜总和猫同学两个人的体力问题，坐整整一晚汽车，娘儿俩第二天八成要崩溃。更何况孩子一旦不舒服哭闹，影响的将是一整车的旅客。

直到出发前两天，我终于决定：安全起见，放弃夜行巴士，在京都乘坐新干线前往富士山地区。这个办法耗时短，也不耗精力，但是会多产生近1000元人民币的旅行费用。没办法，为了孩子，也为了尽量不影响他人。

新干线的售票机不同于普通列车的售票机，因为新干线行程长，停靠站也多，为了让旅客尽量在长途旅行中保持舒适愉悦，新干线的售票机每跳出一个页面都会有成段的日文提示。这可难住了我和猫同学，有的勉强能看懂，但一出现片假名、平假名就麻烦了，完全不能理解其标注的意思。两个人就这么凑在售票机前研究了足足有五六分钟，反反复复点选了十几个页面，连蒙带猜，这才算是把票给买了出来。

这些点选页面几乎涵盖了所有的旅客个人需求，比如是想要自由席（无座票，指定车厢，有座也可以坐，先到先坐）还是指定席（指定车厢、指定座位），吸烟车厢还是禁烟车厢，包括座位的选择，也能像坐飞机一样提前选定。

其实购买新干线车票最简单的方法就是把你的目的地、出发时间写下来，去人工售票处找售票员即可。但是猫同学可能是为了特意挑战一下自己，坚持通过胡点乱选搞定了车票，有时候真不得不佩服这位姐姐的运气。

搞定车票，等于提前了结了一桩心事，自信心爆棚的猫同学本打算开启京都站逛商店之旅，但在瓜总的强烈抗议之下，我们只得开始商量如何前往酒店入住。

江湖告急！两名伤员

来了四天，我悟到一条真谛，日本地图的比例尺真的是很坑人！对于看惯了国内地图的人来说，走路过两个路口意味着什么？起码也要有三五百米远。但是在日本地图上，两个路口乍一看和国内差不多，其实要走下来的话，两分钟足够。这种情况在京都尤甚，恨不得一幢房子就是一个路口，小路窄得不过3米宽，将将能开过一辆小汽车。

饶是如此，就这么一个我立定跳远就能过去的路口，竟然还都安着红绿灯。

而日本人还真就守规矩，马路对面的人脸上有几个痦子都看得清清楚楚，扭头望进去，整条小街一个人影都没有，大家老老实实地站在路两旁，一边数痦子，一边等绿灯。

四条通，算得上是京都的主干道之一，直走就可到达祇园地区。

猫同学一整天因为鹿咬她的事情耿耿于怀，但这个不省心的丫头居然还拍个照发到了朋友圈。刚在京都下了车，几千千米外的越洋电话就一个接一个，一会儿岳母大人问："要不要紧啊？找个医院看看！"一会儿媳妇儿的姥爷又问："被动物咬了那得看看啊，打个破伤风针……"

然后，猫同学在家人的强大关怀下，开始不淡定了，说什么都要找个诊所瞧一瞧，去去心病。

问题是在异国他乡，人生地不熟的，语言也不通，去看病怎么说啊？但猫同

虽然内容很多，却一点儿也不显凌乱的小药局，大电视上正播放着《动物世界》。

学可不管这些，在她看来这是我要操心的问题。当然，其中还包括怎么找到医院。

好在酒店的马路对面就有一家小药局，办理了入住，扔下行李，猫同学就迫不及待地拉着我要去"看病"。但是走到药局门口她又迟疑了，因为不知道该怎么跟大夫说。我说好办，你先给大夫看你手机里鹿的照片，再比一个咬的动作就成。

猫同学顿悟，进去一比画，女医生果然秒懂。然后就是详细地查看伤情，医生还专门拿出来一张日英对照的表格让她选。

说是药局，还没国内一间小卖部大，也就十来平方米的面积，居然还被玻璃幕墙分割成了三个区域：接待区、候诊区、就诊区。但刚一进去，怎么看也不像是药局的样子，候诊区里挂着一台大大的电视，各种小饰品贴纸装饰得跟幼儿园似的。

随后，一位护士、一位大夫外加猫同学，三个女人在我面前上演了一出肢体语言十分丰富的哑剧，猫同学最终被告知：这点伤没什么，不管它，过几天瘀青就下去了，但是想快点下，就贴贴膏药吧。于是她成功以 840 日元的 "代价" 换回三贴膏药，解了心病。

本以为这个小插曲告一段落了。可是等我们吃了晚饭回到酒店，脱了衣服我准备带瓜总泡澡，结果他刚往浴缸里一坐，顿时噭的一声大哭起来，直嚷嚷："屁屁疼！"我赶忙扒开来一瞧——屁股周围红了好大的一片，这小子肯定是对昨天新买的尿不湿过敏了！

这个牌子的尿不湿他早前就出现过过敏的情况，指定是不能再用了。可此时已经将近 23 点，我们也不知道哪里还有母婴店。简短商议之后，猫同学只得赶忙穿衣服出去附近找，有开门的就买了回来，没有则看准位置，第二天起床再去买。

总之，我憧憬了二十年的京都之行，第一天晚上几乎什么也没看到，就在这种 "鸡飞狗跳" 的状态下过去了。

专业蹭网人

不知是气温骤降还是地理位置的原因，来到京都的头天晚上，感觉一下子比大阪低了三四度。大街上许多人都穿着厚厚的外套，一些上了年纪的人甚至还套着羽绒服。而我为了照看娃不至于出汗，只是穿了件 T 恤。在游人穿梭的商业街上放眼望去，除了金发碧眼的欧美人，就我一个短袖男。别人投来的目光中充满了感叹和佩服，我却只能有苦往肚子里咽：冻死我了！

我们在京都的酒店位置还算不错，房间十分小，只有两个沙发椅，晚上睡觉的时候，把它们并排放倒，再铺上被褥就成了一张床，也算是和式屋的一个变种。

但我个人觉得这家酒店除了位置，即使带早餐也不太值700多元一晚的房价。

为什么我们会住这么高档的酒店？大家都知道，京都其实有很多民宿，一晚不过三四百元，都能住得很舒坦。但毕竟我们带着个穿尿不湿的孩子，民宿大多为公用的浴室和厕所。且隔音设施很差，所以如果瓜总要拉臭臭和洗澡的话，不但我们会很困难，恐怕处理起来也会为其他房客和房主带来不适。所以在我的十三天行程中，住宿尽量选择有独立厕所的房间，价钱上是会有些贵，但这

铺好床，瓜总津津有味地看着日语电视节目，对他来说语言压根儿就不是问题。

就是带孩子出来所必须承受的。

另一件让我和猫同学抓狂的就是，这家酒店的WiFi信号弱到不能再弱，我们自带的移动WiFi竟然也没信号。

无奈之下，我只得寻找其他的解决办法。

很快，我就搜到东横的WiFi，正奇怪怎么能在这里搜到，一旁玩着的瓜总推开了窗户，我顿时明白：窗外1米处就是另一幢楼，刚好正对我们的屋内亮着灯，看里面的陈设、家具，这分明就是东横嘛！

两家酒店相距之近到我只要肯探出半个身子，伸手就能把对面房间里桌子上的包给搂过来。害得我夜里睡觉总要时不时醒一下看看，有没有人推窗子从对面楼爬过来。

第二天早上，吃完了被猫同学誉为"史上最难吃寿司"的酒店免费早餐，我们直奔她头天夜里踩好的点去买尿不湿。

刚一出来我们就愣住了，只见街拐角一溜坐着三四个拿着笔记本在上网的人。我很奇怪，想上网，酒店大堂里这会儿一个人也没有，有沙发坐，有桌子有咖啡的，干嘛非挤在马路边上网？仔细观察了一下才发现，他们应该不是酒店的住客，之所以在这里上网，目的只有一个——蹭酒店的网！

当然，这些人也不都是本地的，应该多是别的地方来的旅行者，走到这里了，发现有免费的信号，于是停下来查一查，看看自己下一站该去哪里。

日本虽然科技发达，但大部分地方也不是 WiFi 全覆盖。不过他们好在一点，就是除了私人家里的，基本上都不怎么设密码，只要能搜到，连了就可以用。所以，日本许多位置不错的酒店外面，就经常会出现这样一群专业蹭网人。人家不在酒店住，也不享受酒店的任何招待，就是在酒店外随便找个地方，借着 WiFi 信号用一会儿，用完了就站起来走人。这种情况在东京尤其多，我们在东京住的第一家酒店，每天早上出门后，总能看到外墙墙根坐了一排的人，低着头在用电子设备上网。

后来我还专门在旅游网站上看过一个帖子，就是教你怎么在日本旅行中蹭网，哪些地段能上，哪些景点附近有酒店、咖啡馆的 WiFi 可以用，归置得清清楚楚。

说实话，真心佩服，这才叫正经的穷游！能省则省。

不过热衷于打造极致服务的日本人也从来不会在乎这些。信号嘛，不就是给人用的？有没有人用都在那摆着，还不如给多点人用。

所以，即使酒店的经营者们早就知道有这么一支蹭网大军的存在，依然是大开方便之门，继续对信号不设防，不但方便了住客，更方便每一位路过的人。也许今天你不是他们的客户，但明天呢？

我们酒店的周边还是很繁华的，这幢楼里貌似都是饭店。马路对面就是四条大宫站。

怎么好才是真的好

出了酒店，来到最近的巴士站准备坐车了，我才想起来一件很严重的事情：昨天在京都站下车后只是一门心思想着怎么买新干线的票，结果把京都的巴士一日卡给忘了。

因为京都是古城，为了尽量保持城市的统一美观性，许多建筑、门头都被要求只能使用那种青灰色。而地铁也少得可怜，只有一横一纵两条贯穿市中心的线路。所以，在京都出行，主要靠的是巴士，而非在大阪、东京靠地铁快速穿行。而京都为了方便游客参观，特别推出了巴士一日卡，只用花500日元购买一张巴士卡，就可以在一天之内无限次乘坐京都市内的巴士，非常有用。

来之前，许多论坛的朋友都说，京都的巴士一日卡要在京都站的游客服务中心才可以买到。我正发愁怎么办，一回头，却发现身后竟然有一个看上去十分老旧的自动贩卖机，里面就出售这种一日卡。

兴冲冲地买了两张攥在手里，我这才安下了心。旁边一位得有六七十岁的大爷一边等车一边瞅着我，见忙完了，主动过来和我搭话。一张嘴，居然是口很不错的中文："中国人？旅游的？"

我之前从来没感觉到过，如果在一个完全不同的语言环境中待上几天，突然有一个本应说着其他语言的人和你讲中文，的确会把人打个措手不及。所以，老大爷突然一问，我竟然呆住了，愣了两秒钟才生硬地答道："是……是啊！"

老人家可不含糊，见我答应了，立刻连珠炮道："我也去过中国旅游，去过三次，北京、上海、西安、广州……中国很不错！很好！"

我听他说着，只能始终报以点头微笑，老大爷似乎是真的喜欢中国，说起来中国的城市和景点，如数家珍一般。

和坐在婴儿推车上的瓜总打过招呼，老爷子这才停下来，又问我道："京都，怎么样？"

我才算是恢复正常，忙道："很好！很有古都的感觉！值得看的地方非常多！"

眼看公交车来了，老人家一脸的热忱和善，伸出手和我相握道："祝你们愉快，希望今后能常来！"

这件事我回国后好久还在和别人讲，因为历史关系的原因，很多人觉得多年来中国人对日本人并不十分友善，日本人应该也不会对中国人好到哪里，没有必要花钱去日本受那份气。而每当我讲起我们并未受到不公正待遇的时候，还总有人会回："那是因为他们憋着想挣你的钱，所以态度好！"

鸭川，很羡慕这种生活，早上起来泡泡茶、打打牌，河边散散步，还能钓钓鱼。

诚然，我无法保证每一位对我们笑脸相迎的日本人真的在背对我们时也是一样的态度，但至少人家表面功夫很到位。俗话说"伸手不打笑脸人"，这个人就算心里再憋着对你的不满，但表面上都是很和善的，那么作为这辈子仅仅见一两次面的陌生人，这还不够吗？

这就是一个待人和服务的问题，同历史原因、政治思想什么的统统无关。这位老人，用他的实际行动告诉我：想让别人对你好，就得

公交车都知道鞠躬

不得不说，在日本最让我有感触的，不是活泼好动的学生，也不是天天急急忙忙的上班族，反而是这些老年人。他们有活力，不甘在家守着房子养老，总会想尽办法让自己的老年生活能够过得更充实一些。所以，去过日本的人想必都会感慨，几乎每一位日本女性，无论多大的年纪，出门前都会把自己精心打扮过后才肯穿鞋。所以见到七老八十的老太太们抹着鲜艳的口红，画了眼影和眼线，根本无须吃惊，因为每一位女性都是这个样子。

活到老，美到老，有什么不好？

话说那位和我聊天的老人家上了车走后，我又对日本的公交车产生了浓厚的兴趣。许多人都有耳闻，在日本，驾驶公共营运车辆的，比如巴士、出租车司机，都是年纪较长的大爷大叔。这是因为有相关规定，必须持有驾照十五年以上才有资格驾驶载客的营运车辆。

别以为开车就是坐在那里握着方向盘什么也不用干，开公交车绝对是件体力活。出租车司机还好，开门关门都是电动的，也不是每位顾客都有行李需要放在后备厢，但公交车司机就不一样了，对于四五十岁的司机大叔们来说，碰上行动不便的乘客，是很麻烦的一件事。

在京都，坐轮椅乘巴士的大有人在。日本巴士最厉害的是在进站停稳后，不知是液压还是气压控制，车门一侧车体会缓缓下降，让整辆车从前后方看像是侧倾，好像要倒了一样，其实是为了方便乘客上下车。而这时，如果巴士上有乘坐轮椅的人，那完全不需担心，因为车一停稳，司机就赶忙开门冲下去，从后方车门下面抽出一块板子搭起来，推着轮椅上的人缓缓下来，将其送到安全位置后，鞠躬，然后再赶忙跑过去把板子收好，最后上车回到驾驶位前，还要向全车人再鞠一躬，表示对大家耐心等待的感谢。这一整套流程下来，司机要不停地忙活一分多钟，最后坐回座位上时累得气喘吁吁，的确是很耗费体力的一件事，但人家毫无怨言，毕竟干的就是这份工作。

所以日本还有一多，就是在各个景点，前来参观的人里面，因无法自由行动而坐轮椅的人很多，这并不说明他们的残疾人多，而是因为全社会的公共事业都能够对这类人提供有效的帮助和服务，所以人家即使行动不便，也没必要整天困在家里不出来。我们甚至还见过一位大爷开着辆尺寸十分惊人的四轮电动车下到地铁站里面，直接开着冲进了地铁。

看着那辆公交车重新直起身子缓缓驶离，而坐轮椅的人也早已到了街角，我和猫同学不由得感慨：都说日本人对鞠躬是一种留存在骨子里的习惯，我看一点儿都不假，不光是人，连公交车都会身子前倾鞠躬，迎送乘客，可见一斑。

祗园地区，穿着和服的老太太十分多，但出于礼貌，我没办法对人家进行拍摄。

　　清水寺，日本最为古老的寺院，平安时代最具代表性的建筑。千百年来曾多次遭大火焚毁，现今所见为 1633 年德川家光依原来建筑手法复原重建。清水寺与金阁寺、二条城并列为京都三大名胜，且 1994 年被联合国教科文组织列为世界文化遗产，日本国宝级建筑。

　　清水寺也是我本次京都之行的最重要一站，毕竟在画里看了二十年，如今终于到了要见面的时候，还真有点儿小激动。

　　京都，在我看来只有三种色彩，除了灰色的现代建筑，就是大红色和木头原色的古代建筑，三种颜色互补结合，恰到好处。我们在河原町下车，沿着花见小路边走边逛。猫同学知道我的心思，每当看到有大红色建筑，都会刻意放慢速度，让我好好瞧瞧。

　　一路来到清水寺山脚下，上山的路上人头攒动。我们又花了将近半个小时才来到寺前。望着大红色的山门，猫同学问我："是你从小看到的样子吗？"

　　我凝望片刻，摇了摇头。我不知道……一样的颜色，一样的建筑，一样的位置、格局，就连后面山峦的线条都如此一样，但怎么就对不上号呢？我就好像是一个苦追女神多年的单相思，当女神终于同意和我约会的那一天，她张开怀抱，静静等我相拥时，我却发现自己原来爱的并不是她。

　　我知道我在看什么，却不知道自己要找什么。多年来对京都的印象能否同亲

清水寺，那鲜艳的红。

身感受融为一体，对我来说早已无关紧要。我只知道，我今天来到了儿时曾经

天天看的那幅画里面，最终的场景就应该是一个大人拉着一个孩子的手。而我，

多么想是那个孩子啊，哪怕只有一瞬间，只留下一张模糊不清的背影照片……

我似乎有些明白了，我想要的其实并不是这一天，而只是这些年来一路追

逐"她"的动力和方向。这个念头是那样的强烈，以至于在追逐的路上，少了

我眼中所看到的，只有那一抹颜色。

那位一直引领我的人，我还是如此执着地奔跑着。

如今，我终于来到了终点，说不上喜悦，却如释重负。我们的故事，是该告一段落了，明天，我会开始新的征程，但自己却已从孩子变成了那大人的背影。

深吸一口气，我对猫同学道："帮我和瓜总照一张手牵手的背影吧。"可见她拉开了架势，我又摇了摇头道："算了，不照了。"

我的记忆，没有必要强加给瓜总。

虽然人多，但清水寺的确是鸟瞰整个京都的好位置，只可惜我们来的时候有部分建筑正在整修。

京都不愧是日本第一旅游大都市，单一个清水寺，几乎就可以看遍所有人种、肤色。即便和国内小长假的景点一样爆满，但在我看来，清水寺依旧是在京都不可不去的地方之一，因为这里是鸟瞰整个京都的最好位置。

我只是在感慨，清水寺的红被汹涌的人流冲淡了许多，如果非要在京都找点儿什么的话，我想无疑该是那抹红，那抹我日夜思念的红，娇艳欲滴的红，纯净如血的红。

可惜，它不在清水寺。

这才是我想要的

鉴于清水寺的游人数量，我临时更改行程，果断放弃了前往同样爆满的金阁寺，下山解决温饱问题后，直接取道伏见稻荷大社。

午饭我们是在山脚下一家叫作钟园亭的中式餐馆解决的。猫同学看上一款套餐，但经服务生大爷解释，那份套餐只卖给学生，我们无福享用。而且他们的菜单里不仅没中文，就连个照片也没有，我只好拽着那位大爷服务生到店门口的橱窗里看着点。两份拉面、一份煎饺，三口人也只是吃了个七成饱。

说实话，我不知道自己为什么要去找那一抹红，也许仅仅是为了给结局画上一个句号，或者是在我内心深处，这才是能够代表京都的颜色，更或者红色涵盖了我内心深处的某种想法和愿望，只不过我自己尚未发现罢了。

总之，当我们在京阪本线的伏见稻荷站下了车，我立刻就明白了，我要找的红原来在这里！

伏见稻荷大社位于京都市郊东南角的稻荷神山上，离京都站不过两站。这里是遍布日本全国三万余座稻荷神社的总社本宫，也是京都市内最古老的神社之一。稻荷大神，就是狐狸。伏见稻荷大社的标志就是狐狸和那延绵数里，从山脚一路到山顶的千本鸟居。

这里已经算是出了京都的市区，游人少了很多，当然街道和建筑规模也小

哪怕闭着眼下车，你也知道自己到了哪。

了不少。但日本的车站就是如此任性，从列车上下来，充满眼睛的就是装饰成鲜红色鸟居造型的车站月台和无处不在的狐狸图案。

这也是我首次来到日本的小地方，前几天只在大阪、京都那些大城市待了，奈良虽然不大，但也好歹是个旅游名城。真正如伏见稻荷大社所在的这般小城镇，还真没见过。

不得不说，日本即使是小地方的人，也会把家打理得井井有条。路上看不见哪怕一点儿纸屑，即使是屋与屋之间狭窄的夹缝中，也都打扫得干干净净。每间

每家店都有让你入内一看究竟的冲动。

店铺老板都想尽办法装饰自己的店铺，以便显得自己与别家有所不同。

我们并没有走参道，而是从一旁的商店街小路直接到了神社的正门。大红色的建筑群在午后阳光下散发出温暖的橙色光芒，那么娇艳，却并不刺眼。

我想，这大概就是我要找的颜色了。

一路拾级而上，瓜总倒是找到了能够令他开心的东西——无处不在的小石头。我俩跟在他后面，小家伙如狗熊掰棒子似的，走到一处，看到更合心意的石头，就把先前的扔掉，拿起新的，嘴里还一本正经、念念有词地说着什么，

千本鸟居的起点，其实好多都已经严重褪色了。

看得我俩开心不已。

伏见稻荷大社遍布日本全国各地供奉的鸟居，鸟居是一种类似于中国牌坊的日式建筑，常设于通向神社的大道上或神社周围的木栅栏处。主要用以区分神域与人类所居住的世俗界，算是一种结界，代表神域的入口，也可以将它视为通往神界的门。我所见到的鸟居一般只有两种颜色，要么是刷上鲜艳的大红，

要么就是什么也不要的原木色，如明治神宫入口的那个巨大鸟居。

而伏见稻荷大社的千本鸟居可以算得上是出镜频率最高的了，它们由个人或是公司名义供奉竖立，一个挨着一个，千百年来由于群数量惊人，数量达万个以上，一直延伸到稻荷山顶，形成了一条别具特色的红色走廊，蔚为壮观。

我们只是逛了山脚下起始的一段，并没有再向上走，毕竟下面还有其他项目，只得转头下山。反正我已心满意足。在我看来，这才是最京都的地方，也只有这里才配得上我心中的那抹红，悠然、肃静、超脱、神圣。

唯一遗憾

上山游览，我们花了大概一个小时，而下山却花了将近两个小时。原因只有一个——瓜总对参道上的石头留恋不已，干脆一屁股坐在地上玩耍，怎么都不肯走。也不知道在他心里，究竟什么样的石头才能算是自己最喜欢的呢？恐怕连他自己

很难得，他在玩石头的时候还能配合我拍照。

威严的狐狸，稻荷神的象征。

都说不出个所以然来。

　　盯着他在那里玩，我有些出神。人，无论从初生到暮年，似乎有时总爱追寻一些看似美好、实则无用的东西。但那又怎样？不过分，不妨碍他人，自己高兴就好。所以我也乐得放任瓜总去玩，但是……

　　本以为这小子玩上十来分钟也就算了，可我和猫同学俩人在一旁傻傻地盯着瓜总瞧了二十多分钟，他却越玩越来劲儿，根本没有要走的念头。此时太阳已经开始下山，10月份的京都到下午 5 点天就黑了，而我们还有今天的最后一

同样鲜艳的稻荷站。

个目的地没有去。

无奈之下，只得强行把他抱起来，连哄带骗，赶去车站前往我们今天的终点站：哲学之道。

哲学之道是京都左京区一条 2 千米长的小道，路旁边是琵琶湖疏水，沿途种植樱花树，每年樱花季的时候路旁落英缤纷，乃是赏樱圣地。从严格意义上来说，哲学之道并不算是景点，路两旁也都是普通的住家户。这条路的名称来源于京都大学哲学教授西田几多郎每日在此冥想。1972 年正式命名。哲学之道沿途经过好几座寺庙和神社，例如慈照寺、法然院、永观堂禅林寺、南禅寺、熊野若王子神社等。如果能有一天的时间，沿着哲学之道边走边参观，的确是十分惬意的一件事。

但我就没这个时间和兴致了，即使不能好好逛，哪怕就是去大致瞧一眼，走两步，拍点儿照片也成。我们沿京阪本线从伏见稻荷坐到了三条站，然后准备上去坐巴士前往哲学之道。但猫同学偶然间发现地铁站的商业街里面有家100日元店，钻进去就不肯出来。这可急坏了我这个"大导游"。

当我们终于来到哲学之道最近的路口下车时，天早已完全黑了。然后……我看到了一条伸手不见五指的哲学之道。猫同学见我扶着牌子失落不已，还在一旁挑衅道："你看，我就说吧！大晚上的跑河边溜达一般都是这结局……"母子俩压根儿就没觉得，大好的日头全都耗在了地下街百元店和石子路上。

不过对我来说，遗憾从来不是坏事儿，它能够时刻激励我再度启程。

第一天过罢，基本上我们的京都之行能转到什么程度我心中已经有数了。明天要去岚山，一来一回最少四五个小时，而我们下午 4 点的新干线就要前往三岛，准备上富士山。可以说京都市内除了清水寺和伏见稻荷大社，我们几乎没去别的地方，但带着孩子就是这样，为自己玩好的同时也要考虑他能玩好，即使这小家伙只喜欢玩石头。

时光列车

日本的车站文化很深厚，许多车站和线路在体现历史悠久、韵味独特的同时，还会只贩售属于自己的纪念品和车站便当。这些东西在别处你根本买不到，只有亲自去乘坐那些线路，在车站逗留观光，才会有接触到它们的机会。

京福电铁的岚山本线就是这么一条拥有百年历史的线路，也是前往岚山最有意思、最具观赏性的线路。岚山本线全长 7.2 千米，东起京都市区的四条大宫站，一路向西，直达岚山。整段路线穿行于京都的古宅深巷间，能够充分饱览古城的韵味和风貌。

而岚山本线为了保留原汁原味的铁路风情，百年来始终沿用最古老怀旧的车厢形式，每班车只发一节车厢，长度不过二十来米，小小的列车伴随着清脆的叮当声缓缓前行，让乘客恍如穿梭百年，感觉妙不可言。

其实从京都市区到岚山有多条线路可选，许多来京都旅游的人为了省事儿，都会选择直接在京都站乘坐 JR 列车到达岚山。但我们酒店因为得天独厚的位置优势，马路对面就是岚电（路边有轨电车）的起始站四条大宫站，所以我们自然乐得乘坐。只不过这列观光意义远大于交通的小火车游人着实不少，我抱着瓜总挤在人堆中，累不说，还很难看到窗外风景。

既然有多条线路通往岚山地区，那么依照日本人的性子，就一定会有多个车站，所以岚山地区既有京福电铁的岚山站，也有阪急岚山线的岚山站，还有 JR 铁路的嵯峨岚山站。听起来是不是很崩溃？一个小小的旅游区，竟然有三个火车站之多！不过综合来看，还是京福岚电的岚山站位置最好，地处旅游区中心位置。

我们的专列小火车。

当然，岚电也有一日卡销售，具体多少我忘了，大概就是 400 多日元，但我们已经从酒店退房，回来时会直接乘坐 JR 前往京都站，所以并没有购买岚电的一日卡。

岚山，自平安时代以来就是许多日本贵族的别庄所在地，以枫叶和樱花闻名。岚山这地名原本是专指位于桂川右岸、属于京都市西京区一部分的岚山地区，而河对岸、属于右京区的地区则名为嵯峨野，但近年来许多观光导览资料都概括性地将以横跨桂川的渡月桥为中心之河左右两岸周边地区合称为岚山。

作为著名的风景旅游名胜，又在游人超多的京都，岚山的情况也可想而知。一出车站，我们就被满大街的游人给吓到了。不过岚电终点站旁的旅游观光案内所里面有一位很漂亮的（听口音像台湾人）中国姑娘，能够给予各种你所需要的帮助。

我们今日的行程就只有岚山这一个地方，游览完后就要赶往富士山地区，所以，今天也是我们在关西的最后一天。对我来说，有些期待富士山，更多的是对关西的不舍，而对猫同学来说，岚山这种风景旅游区，是对她的脚最大的挑战。

任性一次又如何

岚电的车站哪儿都好，唯独一点，没有自动存包柜。我特意询问了观光案内所的小姑娘，她们虽然也管寄存行李，但是按件收费，一件 500 日元。这可比投币式的存包柜要昂贵得多，算来算去，我们也不舍得花这笔银子，只得扛着大包小包出了车站。

到今天为止，已经是我们在关西地区跑的第六天了，而猫同学的体力也已接近极限，眼瞅着远处的山和"漫山遍野"的游人，她充满了无力感。试图和我协商看能不能她找个地方休息，顺带看行李，让我推着瓜总去逛一圈算完。

我当然不同意，家庭旅行绝对不允许出现"逃兵"。只管拉着她出了车站，哪怕是一走一歇呢，都不能分开行动。

作为开放式的旅游景区，岚山就不会有公园和博物馆那些路引做指示了，所以下了车我就先去观光案内所拿了一份免费的岚山地图，这点很有必要。

　　正当我们扛着包不知该如何走的时候，前面的人群突然聒噪起来。很快，我看到远处慢慢驶来一辆人力车，一位车夫拉着一位身着传统日式盛装的女子路过，路人无不驻足观看，女子还频频向道路两旁的人们挥手致意。我和猫同学一时没能搞清楚是怎么回事儿，还以为是有人举办传统的婚礼。

　　人力车，就是咱们国内俗称的黄包车，两个轮子，后面是个座位，前面则由车夫抬着推杆徒步前行。为什么看电视剧总管人力车叫洋车呢？就是因为它源自日本，来自东洋。所以在日本的各旅游城市，都有一定数量的人力车，主要是给游客观光代步用的。但是乘坐一次人力车的费用也十分昂贵。

　　猫同学"懂事"的一点在于，她虽然累极，至少还知道租一辆人力车坐对我们来说有些奢侈，但心里这么想，腿肚子可不认账，该罢工照样罢工。好在刚走过街角，这位姐姐的眼睛顿时就亮了，因为她看到了她最需要的——这里有家租自行车的！

　　我知道，见了这个，她是指定不会再走了，于是只得被动去找商家询问租车的价格。

负责自行车租赁的胖小伙子一看就是早已习惯了和外国人打交道，虽然英语不济，但连说带比画，竟然和我没有任何沟通障碍。他告诉我们，单人的自行车早已被预订光了，目前只剩下两辆带有儿童座椅的车子。价格上比单人的略贵，每小时 650 日元，如果我们同时租两辆的话，每小时按 1000 日元算。

这可正中我们下怀，没儿童座椅的我还不租呢！二话不说，直接掏钱领了两辆出来，小伙子不光帮我把行李一同放在了另一辆空着的儿童椅上固定好，还贴心地送上他们自己绘制的地图，标明店家位置，嘱咐我们如果实在找不到了还可以打电话给他。最后更是送给瓜总一顶黄色的小安全帽戴。

我们租了两辆车，商议一个小时还，除了那 1000 日元的租金，租车店没有收取我们任何的押金或质押，何时还车、还不还全凭的是人品。有时候想起来，真的挺叫我这个中国人汗颜的。

一切准备就绪后，我们就出发了。虽然 1000 日元只租了一个小时，这钱花的有点儿任性，但至少解决了我们多方面的需求：猫同学不怕走路了，我们也不用担心由于时间紧而无法充分游览。

所以，任性一次又如何？只要自己觉得值就行！

始料不及的好运气

其实猫同学非要租车骑，她的另一个主要目的就是想近距离观察一下日本的自行车儿童座椅在安全性、舒适性上究竟值几个钱儿。如果好的话，就回国后给瓜总也置办一套，以后带娃出去既健身锻炼了，安全性也高。

不过说实话，日本的自行车儿童座椅真的很不赖，带孩子、装货都行。瓜总扔掉推车坐在猫同学的后面甚是惬意，而且他还超喜欢那顶附赠的黄色安全帽。

10 月份的岚山，风光只能算是一般，今天这样的好天气倒是挺适合一家子来郊游野餐。如果能住上个把月就更棒了，漫山遍野的红叶更是美不胜收。我们骑着自行车，只是漫无目的地瞎逛，反正山上蹬不上去，远的地方又怕回不来，只是围绕着几个车站所在的中心区域兜圈子。

第一次骑车要靠左行驶，我和猫同学都不怎么习惯，没车的时候还好，一旦对面来了车，总会不自觉地向右靠，好几次因为我们的"脑残"行为，汽车只能

竹林深处的咖啡馆。

停下待我们调整好了再走。好在司机们都很谦让，没有一个摇下窗户骂我们的。

顺道摸清了 JR 嵯峨岚山站的位置，我们一路向西，不知不觉就冲入了一片竹林。在等待一列火车开过后，又前行了不远，我们刚骑到一个貌似神社的地方，里面

就一下冲出来上百号穿着古装的人。竹林小道本来路就窄，刚好能容两辆自行车并排驶过，这可把我和猫同学打了个措手不及，顿时被困在了这群"古人"的中央，走也不能，退也不行。

好在人家并不是全无组织性纪律性，几位警察模样的大叔很快就冲了出来，帮我们清理开前方的道路，让我们先行通过，这才开始整顿那古装队伍。

我和猫同学更奇怪了，因为刚才被困的时候，依稀看到了队伍中央的玉辇上坐的就是先前见到的那位盛装女子，如果是结婚的话，也用不着这么大排场吧？连警察都跑来帮着开道？

况且除了古装队伍，有很多游客也在附近看热闹、拍照，如果我们不是骑着车，倒真想停下来瞧瞧究竟是怎么回事儿。

一个小时虽然很快，但也足够我们围着岚山中心地区骑上一小圈儿。如果说头一天在清水寺碰到的人算爆满的话，那岚山地区几乎就等于挤爆了。渡月桥上人多得连汽车都开不动。我有心在桂川河边发会儿呆，但又不想误了还车的时间。

今天的计划本应是在岚山吃了饭再走的，但望着家家排队的饭店，我们打消了在此吃饭的念头，只得先行离开，到京都站再另寻饭店。

而就在我们即将到达 JR 嵯峨岚山站的时候，竹林中的那列古装队伍就好像"报仇"似的，再次截断了我们的前行道路。

如此大阵仗的盛装游行我们还是头一次看到，整列队伍得有近千人组成，男女老少统统都有，奏乐的、撒花的，都簇拥着玉辇中那位华服女性，浩浩荡荡，在小街上走了足足十多分钟才全部通过。

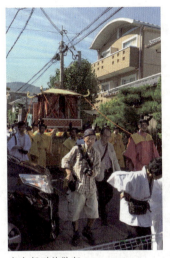

斋宫行列的队伍。

　　直到晚上在酒店闲来无事上网，我才知道我们今天的人品有多爆棚，竟然碰上了一年一度的古老祭祀——斋宫行列。

　　日本古代天皇换代时，需以卜卦的方式选出一位未婚皇室女性（称为斋宫或斋王）前往伊势神宫祭祀。被选出的斋宫，会先在野宫神社（竹林中我们第一次碰到的地方）斋戒三年，从野宫出发至伊势国的路途即为斋宫群行。乘坐在葱玉辇中，一路上随侍的宫女、女官等人浩浩荡荡达五百人以上，历史悠久的斋宫制持续了六百年以上，在南北朝时代的后醍醐天皇时被废除。

　　想要一窥古代斋宫行列的面貌，不妨在10月20日左右来到京都岚山的野宫神社，队伍将从这里出发，大游岚山街头；华丽的平安时代轿辇、考究的古代服饰、悠扬古典的宫廷雅乐，浩大的游行，让人看得心神激荡。

那抹红，无处安放

在岚山真的可谓是走马观花，游人多到想给渡月桥拍张像点样子的照片都不行。待我们在京都站下车时，时间也已经快到下午两点。匆匆在车站负一层吃了顿饭，我们就赶忙来到新干线站台等待前去富士山的列车。

这中间还发生了一个小插曲，猫同学在站台上厕所，可是厕所的门闩坏了，把她困在卫生间里面怎么都出不来。于是我俩相互打了在日本期间的唯一一通电话。我抱着娃找到站台上扫地的一位清洁工，这才算把她给"解救"出来。

坐上了新干线，看着沿途的景色，我心中的滋味很难为外人道也。

我个人很不喜欢大城市的喧嚣，包括钢筋水泥大厦和沙丁鱼一样的人群。可京都却是一座很另类的大城市，单从外表看，她繁华却不失安静，古朴而又面面俱到。换句话说，这是一座极好地将现代感与历史感糅为一体的城市，为了她，就连麦当劳也要改换灰色门庭；为了她，高楼可以彻底绝迹，要的只是那一抹残留的历史印记。

很遗憾，我们在京都的时间满打满算只有两个晚上和一个半白天。那么多寺院神社、那么多古香古色的街道小巷，根本无法一一领略，甚至是我最想看的枯山水，因为带着瓜总的缘故，只得狠心放弃（怕他去了一个没看住进去乱踩一通，那祸可就闯大了）。所以，我和父亲关于那幅画的故事已经结束了，

遍地有神社，处处是惊喜，这就是京都。

但京都在我心里还只是"未完待续"。我期待着不久的将来，我能够再次来到这里，给自己一个满意的结局。

　　而整个关西三城，无论是大阪的干净整洁，还是奈良的苍郁圣洁，抑或京都的古韵悠长，最让我从心底里有感触的，无疑是那一抹鲜红的印记，犹如艺伎眼角的红妆，虽小，却娇艳欲滴，不可或缺。

孤傲矗立的红（拍摄于伏见稻荷大社正门）。

这抹红似乎在我心中早已成为一个精神符号、一个神秘图腾。纵使我这二十年间历经各种挫折苦难，忘掉了时间，忘掉了理想，甚至模糊了自己的未来和前行方向，它却始终存在，无时无刻不在告诉我：你的愿望呢？你们父子俩的承诺呢？

蓦然回首，我才发现自己已经孤单走过了十二个春秋。从一个不更世事的少年，变为如今能够支撑起一个家庭，肩负起一份责任的男人。这一切，都是父亲留给我的宝贵财富。

那抹红，就是我内心深处的念头和目标，也代表着父亲，只不过我将它具象成了京都的颜色，时刻敦促着我去努力、去实现。

我也终于明白，为什么无论怎样看它都不觉得刺眼，因为它多年来一直在我的心里。

我不感谢京都，却要感谢京都的这抹红。今天，我第一次追上来，到了你的身边，却无法将你安放。因为你将会取代我新的愿望，激励我今后继续前行，直到再次靠近的那一天。

愿你，在前方一路安好！

列车启动，离开关西。

京都印象：

1. 京都的古朴、京都的韵味、京都的不施粉黛，的确会令人陶醉。如果有时间，一定要待上一周甚至更久，才能够大致领略这座古都的风采。它的每条街道、每座建筑，都值得人们去驻足观赏、去细细品味。

2. 说京都是日本最大的博物馆一点儿也不为过，它的浩瀚展品，只窥得一角，便足以让人受用终生。

京都旅行必备品：京都巴士一日卡（500 日元）。

我们的行程安排：

第一日：河原町—鸭川—祇园—花见小路—清水寺—伏见稻荷大社—哲学之道。

第二日：岚山。

京都其他热门景点：金阁寺、二条城、京都御苑、八坂神社、平安神宫、

东本愿寺、西本愿寺、东寺、隆安寺……各种寺。

本章小贴士：

1.京都市区内只要是较大的公交站，都有京都巴士一日卡的贩卖机，完全没有必要下车就去找旅游观光中心购买。

2.京都巴士一日卡使用方法：第一次乘坐，在下车时投入检票机，会在卡上打上今天的日期，之后再乘坐，只需向司机出示上面的日期即可，无须再投入检票机。

3.京都景点、寺庙、文化遗产众多，如时间紧凑，一定合理规划路线，不要因在路上耽搁太长时间而导致游览减少。

4.京都站附近、四条通河原町以西是京都的主要商业汇聚地。

5.日本许多纪念品都是 XX 限定，就是说除了这里，别的地方不卖。京都各个景点的类似商品尤其多，所以如果喜欢，走过路过不要错过。

第五章
圣山富士，不二的高岭

　　记忆是一座大山，而记忆中最让人不想面对的，是那山脚下遍布的荆棘。如果你想要忘记，就必须给自己勇往直前的信念，即使遍体鳞伤，即使痛彻心扉，都要攀登至山顶，将所有的一切踩在脚下，让它们再不得对你蔑视和轻笑。当再次踏上平地，回头，山依然还在，却已被落在身后。

空无一人的小城

这半年多来，我接触并帮助过上百名也想去日本一游的朋友，几乎 80% 的人心中都会有一个大疙瘩无法解开，那就是从关西前往东京，怎么能在中途去一趟富士山，而且既不太耽误时间，还不走冤枉路。

东京去富士山好说，铁路、大巴都很方便，但从关西地区过来则复杂得多。因为富士山南麓没有直达山脚下的铁路，所以在哪下车、如何换乘、怎么上山都成了极大的难题。

而我们因为既有孩子、婴儿推车，还随身带着好几件行李，所以我会选择尽量坐空间更大的火车前往富士山，直到没铁路可走了，再换乘巴士。

于是，我们新干线只坐到了静冈县三岛市，下车后转乘普通列车一站，到达 6 千米外的沼津市，在这里休整一晚，第二天再行上山。沼津市位于静冈县东部、伊豆半岛背部，是毗邻骏河湾的一座海边小城。沼津是由南边通过铁路进入富士山地区的门户，同时也是静冈县东部的交通枢纽。

当一家三口拖着行李走出沼津站的时候，我们愣住了。此时不过 18 点 10 分的光景，按理说应该是刚下班没一会儿，正热闹的时候，可是偌大的车站和马路上，竟然空无一人！

按照地图指示，我们的酒店就位于正对沼津站的这条城市主干道上，向前走两个路口即到，我和猫同学一路看到的景象却是：路两旁店铺林立，人行道上方还都有遮雨设施，显然是商业街的派头，但目力所及之处，家家店铺关门，路上行人数来数去不过两三个，只有在路口等信号灯的时候，才能够看见几辆小汽车，一切都安静得让人觉得有些诡异。沼津好像是一座久无人居的空城，我们一家三口就这么闯入了。

猫同学有些害怕，紧紧地贴着我，边走边问："不会又有什么核泄漏吧？人都疏散了？"

我心想你就不能说点好的？但也只能安慰她道："可能今天是礼拜天，都在家休息了，明天上班的时候人应该就会多起来。"

中国也有很多城市晚上过了八九点钟外面马路上就没怎么有人了，但是像沼津这样刚刚 6 点就关门歇业、下班回家不再出来的，还真是没见过。两天后去了镰仓，我们才算知道，日本的小城都一个样，天一黑就没人，许多店家开不开门完全看的就是心情，高兴就多开一会儿，不高兴则天黑前就关门回家了，倒真是洒脱。

从酒店窗户看出去，小城夜景也别有一番滋味儿。

沼津是我临行前突然决定加入的一个中转站，我们不在这里进行任何游览，只是因为这里是铁路御殿场线的西边起始站，明天我们将从这里坐车直达御殿场市，待猫同学逛完御殿场奥特莱斯后再乘大巴赶往河口湖，最终到达富士山脚下。

正是这一晚的停留，让我们有幸邂逅了沼津这座美丽安静的海边小城。虽是计划之外，却被我和猫同学评为此次日本之行最大的收获。当然，那是第二天我们才体会出来的感觉，此时此刻，猫同学想得最多的是去吃什么，而我则想的是，会有饭店开门吗？

原来都在这儿

我们入住的这家沼津河畔酒店可谓是此次日本之行最便宜的一天住宿，按当时汇率折算下来只合人民币 390 元。唯一的缺点是房间小得令人发指，而且床竟然还是 1.4 米宽的。

说实话，当看到这样一张床的时候，我顿时有点被骗了的感觉，因为他们在网站的酒店介绍里有这么一句："提供 2.2 米的超级大床。"我看了还以为张张床都是 2.2 米的，结果到前台问了才知道，人家只有河畔观景房才是这样的大床，如果想住，再加 4000 日元。无奈之下，我们只得接受现实。

在房间休息片刻之后，猫同学突然在床上一跃而起，拿着手机冲我嚷道："走吧走吧！出去转去！沼津也有一家堂吉诃德！"

"OMG……"我听后，嘴里生硬地挤出这三个字母。

堂吉诃德，日文名字惊安的殿堂，日本全国连锁的百货专卖，真的是什么都有，从女士内衣到鞋帽手套，从暖壶水杯到戒指手表，没你买不到的，只有想不到的。而且他们是标准的免税店，持外国人护照一次性消费满 5000 日元即可享受免税。里面还有中文语音导购。

猫同学分别在大阪、沼津、京东各逛了一次堂吉诃德，她对其评价为小商品市场，也没宣传的那么便宜，但就是比较全。我对其评价为"迷宫"，这姐姐每次钻进去没个把小时出不来，一般都是我带着娃在门口苦等，实在等不了了进去找她，但从来都找不到，里面货物多得转个身都难，道路错综复杂，随时有迷路的可能。

所以，有过大阪的一次购物经历，我对堂吉诃德是极为抵触。但这完全无法降低猫同学的逛街热情，稍事休息，就拉着我和瓜总上了街。

酒店后面的河畔公园，连个路灯都没有。

沼津的夜晚比关西地区还要再冷上一些，猫同学开着谷歌地图一边找一边带领我们爷儿俩前进。但是这座小城实在是冷清得令人无语，除了河畔公园里几位摸黑锻炼身体的大妈，许多路上甚至连路灯都不开，到处都是黑漆漆的，只有路两旁住宅楼里亮着的窗户才能令我们稍稍安心，知道这里的确是有人居住的。

拐了三次弯，走了得有二十多分钟，我们终于来到了位于沼津站东边不远的堂吉诃德。

和这座城市里大多数的店家一样，堂吉诃德虽然是间占地数千平方米的大卖场，但依然看不出是否在营业。门口灯光昏暗，没有任何声音从里面透出来，远远瞧去，只有两位员工模样的人进进出出在搬运货物。

　　猫同学可不管那么多，这大老远摸黑跑过来了，就没有不进去的道理！

　　待我们爷儿俩跟着猫同学冲进店内，我们再一次被震惊了。这……这都是哪里冒出来的人？！只见堂吉诃德店内人头攒动，足足有上百人正优哉游哉地在店内挑选商品。看来不是人家没人，只是不喜欢没事儿三五成群地在街面上溜达罢了。

　　从堂吉诃德出来，已经是一个小时以后的事情了。沼津的晚上 8 点和国内半夜差不多，我们找来找去，也只看见一家すき家牛丼还开着门，于是冲进去直接点了两份力士餐（超大分量）。吓得服务员反复问我们："您确定您要点这个规格的吗？"

　　拜托，你们的力士餐，对我来说也只不过是八成饱而已。

注：日本的贩卖牛肉盖饭定食的快餐店，一般按分量分为：小盛、标准、大盛、特盛、力士餐。分量越大，价钱越高。个人认为，如果真是要当饭填饱肚子，小盛几乎谁都吃不饱，男同志一般最少也要点个大盛。力士餐并不是每家店都有卖的，我只在すき家牛丼见过。

崇山峻岭间的秘密行动

　　一家三口在 1.4 米宽的床上无比憋屈地挤了一晚上（我本想睡地上，无奈地面面积小得连平躺都不能），我睁眼后的第一件事就是拉开窗帘看一下天气如何。因为要上富士山了，天不好就意味着我们此行上山的意义将大打折扣。

　　好在沼津的天气没有辜负我的期望，拉开窗帘一瞧，阳光洒落整座小城，不远处的海岸公园郁郁葱葱，海湾的优美线条尽收眼底，很有让人有前往一游的冲动。

我们现在的位置距富士山只有20多千米，如果天气晴好，是可以直接看到山的。但我循着大方向望去，整个富士山地区还被比较低的云层所笼罩，暂时无法一睹真容。不过没关系，只要不下雨什么都好说。

沼津就是我很向往的那种小城，依山傍水，小河蜿蜒入海，环境优雅到极致。一切收拾妥当后，我提出想去海边走一走、看一看的建议，毕竟酒店离海岸公园只有几百米，但立刻被猫同学无情地拒绝了。因为她此次日本之行的最重要的目的地已经近在眼前，想要让她暂缓一下前去的打算，除非得把腿敲断了才行。

无奈之下，我只得垂头丧气地推着娃，跟着"上级领导"去了车站，坐上了开往御殿场的列车。

御殿场市是距离富士山最近的一处交通枢纽，是富士山、富士五湖、箱根地区往来的重要中转站。来到御殿场，等于是已经到达了富士山的脚下，这里海拔将近1000米，气候清爽宜人。

坐车上山，风景这边独好。

当然，我选择在御殿场中转的另一大目的是为了猫同学，因为这里有着全日本最大的名品折扣购物中心——御殿场奥特莱斯。

其实说得直白点，奥特莱斯这个百年前起源于美国的品牌，就是所谓的工厂尾货直销店。但是后来逐渐汇集，慢慢形成类似 Shopping Mall 的大型 Outlets 购物中心，并逐渐发展成为一个全球知名的独立零售业态。

御殿场奥特莱斯位于御殿场市郊的崇山峻岭间，每天有免费班车往返于中心和御殿场车站间。购物中心集购物、餐饮、娱乐为一体，来到这里的游客都会兴致勃勃地逛上一整天。而这里也是许多日本人在周末时比较喜欢前往的地方，两天时间，购购物、吃吃饭，看看风景，再顺便泡泡温泉，一扫平日工作的劳累。

但我早已向猫同学明确了一点：那就是无论她怎么逛，在下午两点左右我们必须要撤出来，回到御殿场车站，乘坐前往河口湖的大巴。

这也是没办法的事情，毕竟日本天黑得早，从御殿场到河口湖要走一个半小时的盘山公路。如果太晚，等到了地方太阳早已下山，我们就会错失在河口湖地区游览的机会。

现场直播来的大麻烦

猫同学对我的要求一口应承下来。但随之而来的后果就是，我们刚在奥特莱斯下了车，她只交代了一句："我去逛了，你看着娃吧！"然后就彻底没了踪影，撇下我们父子俩傻傻地站在原地不知如何是好。

虽然购物不是我的爱好，但我也不得不承认，在这荒无人烟的山坳坳里开辟出来如此巨大的一片购物中心，本身就是件很了不起的事情。

如果仅仅以观光来看的话，奥特莱斯倒也不错，它主要由东西两个大区组成，实则是被一条深不见底的山涧给隔开的。两个购物区由一座长长的桥梁连接，在此顾客能感受到浓郁的北美城市街道风情，无论看远处风景或是坐在露天咖啡厅外吃点东西，都颇具观赏性。

不过来到了御殿场，就等于我们钻进了在山下沼津看到的那片云里。虽然山下天气好好的，可越往上，乌云就越多。我的心也直线下沉，只能一直祈求千万不要下雨。

干坐着看风景，让我看一天我也不会烦，但是瓜总就没那么好商量了，漫无目的地逛了刚十分钟，他就嚷嚷着要找妈妈。拜托，你妈走的时候连 WiFi 都带走了，我都不知道她在哪儿！

不过我也学会了猫同学的招数，把手机 WiFi 搜索打开，边走边找，哪里有信号，就说明离她不远了。

终于，功夫不负有心人，刚过了桥，我就在耐克专卖店门口搜到了我们的 WiFi 信号。

但令我崩溃的是，猫同学此时正一边向国内的妈妈群里面直播着儿童鞋的价钱，一边"搜刮"着货架上为数不多的童鞋。等我试图阻止她的时候，这姐姐已经兜了足足十几双儿童耐克鞋。

见我面色不善，猫同学又赶忙跑回去，让营业员挨个儿把鞋盒扔在了耐克店，这样能节省不少的空间。可即便如此，十几双鞋也是鼓鼓囊囊的一大包。

我们的旅途才走了一半啊！后面还六七天呢，自己背着大包小包不说，还要照看一个三岁不到的孩子，拎着一辆七八斤沉的婴儿推车，挤地铁、上公交、赶路逛街，再多拎上这么一大包东西可怎么办？

猫同学知道我真有点动火了，只得强撑着说这包鞋子她自己拿。可那不是拍着胸脯说拿就一定能拿得了的。我们下午要去挤巴士，自己的行李加上推车就三四件，还有瓜总，我俩总共就四只手，还怎么拿？根本拿都拿不走。

但是买都买了，我只能叹息一声道："走吧，回市里找个邮局，把身上的东西减重，和鞋子一起打包发回国内。"

你们也有失误的时候

真不是因为我懒，才发那么一通脾气。今天和明天将是我们在日本所有行程中最折腾的两天，上下富士山要不停地换乘、倒车。可以说有半天时间都是耗在路上的，我自然希望随身物品越少越好，这样能够有效保存我俩的体力。

在我的规划中，本是打算 13 点 45 分就坐上巴士，这样 15 点出头到达河口湖，天黑前还能玩两个多小时再去旅店。但现如今这么多的行李，别说逛了，想要挤上大巴都很困难，所以不得不牺牲掉时间先将它们处理掉。只要赶在 16 点前回来乘坐前往河口湖的巴士即可。

从奥特莱斯重新回到御殿场车站，已经是 14 点 30 分，所有人肚子空空如也。一家三口在车站附近找了一圈饭店，不是不营业就是太贵，却无意中发现了车站旁的一家面馆。店老板是一老一少两位女性，她家的一款面是我在日本所吃过最好吃的！可惜看不懂名字，里面放了大量的黑胡椒、芝麻酱，还有肉酱，口感浓郁，完全不同于我们在关西总吃的那种清淡口味的拉面。

吃饱喝足，出得饭店一看，天色越来越阴沉，似乎有要下雨的节奏。发车时刻上写着再过十几分钟就有一趟开往河口湖的巴士，如果能现在就坐过去当然最好不过了，可是我们的行李的确很难再拎得动了。

但御殿场着实是一座比沼津还要小的城市，我们在附近转圈找吃的时候就没看到有邮局，好在马路对面就有一家观光案内所，进去后大姐特热情，拿来地图和笔，给我们画了一张从这里前往邮局的路线图，又送出门指引我们大概的方向。

从那位大姐画的地图上看，我们几乎要从御殿场的市中心走到市郊，才能到达那家邮局，但御殿场小成什么样呢？我们推着车慢悠悠地边走边逛，十几分钟后也就到了。

不过这一通沟通算是要命，邮局的工作人员不懂英文，连说带比画沟通交流了三四十分钟，写写画画好多次，我们才算填好表格，将多余衣物、代购的鞋子和在关西买的纪念品统统打包进一个大纸箱，填上在东京朋友的地址电话，发往了国内的家里。

出了邮局，天色越发地阴沉了，随时都有下雨的可能，我的心也沉到了谷底。如果真的下雨，那我们的富士山之行几乎就算是失败了。我来这儿就是为看山的，果然想要看到富士山还得凭运气，看来我们一家三口的好运也止于此了。但我绝没有想到的是，富士山的噩梦才刚刚开始。

当我们寄走包裹，已经走回车站准备乘车的时候，东京的朋友打来电话说，刚才邮局的工作人员在包裹称重时没能将东西放好，导致称重不准，我们需要再回去补交上 1000 日元的邮资才可以，否则只能退回到东京朋友家中。没办法，我们只得转身再走回去。

只是这样一耽误，天黑前想要到达河口湖的愿望彻底化为泡影。我们半个下午的时间，就这么耽误在了往返于车站和邮局的路上。

注：如果想要从日本发快递回国，那就一定要提供一个日本国内的联系地址和电话，以防快件出现问题时有地方可以退回。

高原上的二次战争

只是因为回去补了个钱，这下导致我们连 15 点 50 分的巴士也赶不上了。等乘坐 16 点 40 分的巴士到达河口湖时，已经是 18 点多了，外面一片漆黑。小雨从坐上车就开始下，且有越下越大的趋势。

许多游客都被困在了河口湖车站。有急着下山奔赴下一站的，更多则是像我们这样到了后无法出去，只得在站内等雨停的人。

而此时，我们的"混世大魔王"已在各种大车小车上坐了一整天，早就待腻了，只等着我们打开封印（安全带），好出去破坏他所看到的一切。

猫同学刚刚把推车上的安全带解开，瓜总就一阵风似的冲了出去，跑到车站口摆着的一排扭蛋机面前研究起来。

这种扭蛋机全日本几乎到处都是，从景点到饭店、商店，门口都会摆上几台。根据里面扭蛋的不同，价格从 100—300 日元不等。只要投币进去，拧一下那个柄，就会有一个装着玩偶的蛋从里面掉出来。当然，扭之前，机器上会告诉你它可能掉哪些蛋，顾客却不知道自己最终得到的是哪种，算是一种有点小彩头的游戏。如果运气好，就会碰上名厂生产的限定版玩偶，据说非常有收藏价值。

我和猫同学由瓜总自己跑上一阵，反正现在也没什么事情可做。但我俩都没注意到的是，那些扭蛋机前面，除了瓜总外，还站着一个两岁左右的孩子。鉴于这家伙的"前科"，如果我瞧见了还有别人家的小孩，我是决计不会放他一个人过去的。

可惜这世上没有如果，仅仅过了半分钟，我们就听见了扭蛋机前面传来一个孩子的哭声。赶忙跑过去一瞧，那个小朋友坐在地上，正在号啕大哭，一旁是我们家那位"雄赳赳气昂昂"的"大英雄"。

不用问，人家不是被瓜总挤倒的，就是技术性击倒。好在只是一屁股坐在了地上，没磕着别的地方，哭也只是被吓哭了。

还没等猫同学反应过来，人家小男孩的妈妈就一个箭步上前，抱起孩子的同时，冲瓜总厉声说道："小朋友你怎么能这样呢？小弟弟又没有碰你，你干嘛要推小弟弟？"听口音是台湾来的观光客。

其实就算人家不说，我也知道这事儿瓜总肯定脱不了干系，只得和猫同学排着队上前去跟人家赔不是。同时少不得被人家数落两句"孩子太调皮""父母要看紧点"之类的。轮到我说"Sorry"的时候，人家妈妈抱着娃，连看都不看我，显然是极为不满。

即便事情已经过去了半年，瓜总早就脱离了那种状态，现在见到小朋友都很礼貌地先打招呼，但我每当想起这家伙在日本的打人经历，都恨得牙痒痒。臭小子非要拣去日本旅游的时候打人，这算什么？扬我国威？

前两天又和猫同学提起了这件事，我俩一致认为：那位台湾妈妈虽然有些激动，但至少还属正常范围。瓜总那天要是推了个国内游客的孩子，恐怕第二天就能看到新闻，标题无外乎是：《大陆游客因孩子打闹，两家六口人在富士山景区大打出手》。

带孩子这两年来，类似的事情碰到太多太多了。人家打我们，我从来都是一笑而过。猫同学虽然更在意一些，但只要没有伤，一般也不会说什么。可瓜总一旦碰了谁家的娃，十个里面有八个都会不依不饶，甚至有两次碰上奶奶带娃的，因为瓜总或摸或拍她家孩子一下，连哭都没有。我道歉后老太太却抱着娃追我半里地，只是为了多数落我几句。

孩子，难道真的要在这样的"呵护"中带大吗？

买包烟而已，至于么

因为下雨，谁都走不了。道完歉，我们就只能和人家母子尴尬地对坐着。苦熬了二十多分钟，眼看雨真没有要停的意思，我只得说服还不饿的猫同学，带着瓜总在车站将就着吃了顿没什么意思还挺贵的晚餐，然后想办法前往旅店入住。

河口湖就是一个小镇，地处富士五湖河口湖的南岸区域。而我们订的这家酒店位于湖泊的东边偏北一点儿的半山坡上，距离河口湖车站2.1千米，早已出了镇子的范围。

这家酒店的政策其实并不诱人，不提供免费餐，位置相对也偏僻，而且入住的儿童只要超过两岁，就要加收2160日元的住宿费。我之所以最终选了这家，主要就是因为这家酒店每间客房都有独立的卫生间，而且都是湖景山景房，看富士山的时候下面是湖，远处是山，美不胜收。而如果住在河口湖镇上，是没办法连山带湖一起看的。因为湖在镇子北边，而山在南边。

2 千米其实也没多远，走着逛着半个小时左右也就到了。可是此时天下着雨，而且外面漆黑一团，我们走的又是环湖公路，几乎没人没路灯。商量来商量去，那就只剩下一个办法了——打的。

　　日本的出租车之贵相信大家早有耳闻，本州地区起步价 730 日元，按当时汇率约合人民币 45 元，每千米 300 日元，几乎是国内的五倍左右。我们的酒店距车站 2.1 千米，坐过去就花了 1030 日元。这要在国内足够打的跑上三四十公里了。

　　肯花钱，进展自然就快得多了。十几分钟后，我们就已经在酒店办理完入住手续。这也是我们正式入住的第一家传统日式榻榻米房间，虽然设施有些老旧和简单，但至少再也不用担心床大床小的问题了，睡觉随便滚，滚到厕所也没人管。

这间房在此次旅行中被我和猫同学称之为"巨大"。

　　先前只顾着考虑怎么来酒店的问题，当我发现自己口袋里此时已经一根烟都不剩的时候，就有些抓狂了。出去买肯定不现实，来的时候我早已观察过，酒店附近 500 米范围内都没有能让你把钱花出去的地方。

找来找去，我终于在酒店二楼找到了一台香烟贩卖机。先前有介绍过，这种机器，没有身份识别卡是不会售给你香烟的。于是我又只得跑到一楼服务台，告诉服务生我想买包烟，但是没卡。看服务生能不能把卡暂借我用一下，上楼买了烟就还给他。

也不知道服务生怎么想的，我敢肯定他已经听明白了我的想法，但扭扭捏捏半天，就是没有掏卡给我的意思。

没办法，我再次和他强调，只用一分钟，我上楼去买了烟，马上就下来还给他。可这小子就是满脸笑容地一直劝我少安勿躁。

我有点无语了，我又没生气，只是想买包烟，但他要是再拖上一会儿，我就真的躁了。

半分钟后，终于来了位主管模样的老兄，得知了我的意思，跟我来到香烟贩卖机前，但他没掏卡，倒是先伸手冲我示意，让我把护照拿给他瞧瞧。

我都快哭了，我难道看着连十八岁都还不到？

但是解释没用，甭管我再怎么说，小哥就是鞠躬，然后示意我拿护照。如此磨叽了有好一会儿，我已经快要疯掉了。刚好为我们办理入住的那位前台经过，问明情况后，立刻果断帮我刷了卡，买了烟。因为人家看过我的护照，知道我肯定大于十八岁。

有时候，真心不知道是该夸他们自觉遵守照章办事，还是教条主义木头脑袋。也许，正是这种严谨的精神，才是能够支撑人家在科技方面的飞速发展吧？

雨！大雨！大暴雨

这间房间也是我们日本十三天里面所住过的最大一间，足足有十七八平方米大小，带落地窗的观景阳台和房间被纸糊的日式推拉门隔开，各类电器摆在屋子一侧的低台上。碰上瓜总这类"杀手"，我着实再不敢掉以轻心，时刻都得盯着他，生怕一个没注意，让他在门上戳个大窟窿出来。

猫同学始终认为我们一家子出来玩运气很好，基本上都是来之前下雨，到了就停，走了就下。以前去四川是这样，去南京是这样，去威海也是这样。就是不知道这次是否真的能保持住。特别是富士山，如果不能看到山，对我来说无疑是个不小的打击。

但是雨已经下了，再看着窗外叹气也是白搭。我就想去尝试一下楼顶的露天风吕。可是当我打开柜子，把里面提前预备的浴袍拿出来后，傻了。

只见浴袍上放着一块中、英、日三种语言的牌子，中文赫然写道："请不要将浴袍带出房间，如果您一定要带走使用，请支付 6800 日元。"

猫同学看完，嘟囔了一句："不是吧？你这订的什么破酒店，洗澡穿个衣服也要花这么多钱！"

我也是满脑袋的问号，虽然来之前没研究过怎么泡汤（因为带着娃，怕他乱尿），倒是也听说过富士山脚下有些温泉酒店去泡露天风吕是要额外收费的，但穿浴袍出去还得给钱，真是头次听说。

我有心去问问，但见猫同学对泡澡没什么兴趣，而我又不想自己带瓜总去，也就作罢了。何况外面还下着雨，我泡着澡看着雨，岂不是越泡越郁闷？回国后我俩一分析才算猜出个大概，不是人家浴袍收费，而是酒店方的中文翻译实在不准确，人家实际想表达的意思是：请不要在退房时把浴袍带走，不然就要花 6800 日元买下。

连送的小点心都是富士山形状的。这把壶至少四五斤沉，猫同学还上大淘宝查了查，一把 2800 元人民币。

　　于是我们一家三口最终只是在房间的小浴室里泡了一下，同时我在电视上看到了更糟心的消息：明天河口湖地区，中雨转大雨。

　　京都对我的感觉远远大于实际印象，但富士山则不一样，一万个人同时在看山，不会有人看出第二种样子来。她就是她，千百万年来始终矗立在那里，不曾有过一丝一毫的改变。

　　所以，如果能够看到富士山，我跟父亲的约定就能画上一个完美的句号。

从此以后，我的心就会真正脱离父亲，从孩子蜕变为大人，自己也成为一名合格的父亲，为瓜总布置下属于我们两人的约定，并穷毕生之力去实现。当然，我也会把这段迟到了二十年的约定安插到合适的位置，留待将来自己回忆的同时，讲给瓜总、讲给他的孩子，让他们知道，人生如果有约定，就一定要努力去尽早实现，不要让承诺等待太久。

有时候想想，真是挺神奇的，我在内心深处还始终把自己当成一个孩子，一个不知困难为何物，一心想要和父亲去完成约定，周游日本的小孩子。如今，当我来到终点站的时候方才发现，这趟车竟已坐了如此之久，久到自己也已经成为父亲。

岁月，就这么悄悄地划过了，不起一丝波澜，却留下了无尽的思念。

雨，一直在下，没落在地上，全滴进了心里。

蓦然回首……你怎么戴了顶"帽子"

昨晚其实睡得并不算早，为了防止瓜总感冒，我带着他泡了个大澡。等他们娘儿俩睡了又独自在窗前发了会儿呆，但这并不影响我今天早上天刚亮就爬了起来。

富士山，日本第一高峰，全世界最大的活火山，日本人心目中的"神山"。

全世界每年有数以百万计的游客前往日本静冈、山梨县等地，无论你是在富士五湖地区，还是在箱根镰仓，但凡游客，没有人不希望一睹富士山的真容。

但是看富士山真的来了就能看到吗？我不知道。我曾在论坛上见过一连去了两三次无功而返的朋友，也见过在山脚下一住三五天的，目的只是为了一睹富士山的真容。

　　我曾经也下过一个日本可实时查看富士山周边摄像头的软件，半年时间，每天浏览，能看到山的次数总共不超过二十次。倒也不是说天气一直不好，好的时候大多云低，会把山挡着。而听一些去过的人讲，更多的时候，就趁着那片云飘过，十几二十分钟的工夫，大山显现，等你要看了，又刚好再度隐去。

早上6点，雨中的河口湖，净到了极致，也静到了极致。

　　所以天刚亮，媳妇儿子还在睡觉时，我就一个人拿了相机、手机，偷偷拉开门，钻到了阳台上。

　　外面地皮湿的，雨还在下。整个河口湖静极了，湖面上还飘着一层淡淡的雾气，宛若仙境。我知道，也许看山真的是没戏了，但我并不愿意放弃哪怕一秒钟的机会，趴在窗台上，相机时刻保持打开，就为了富士山能露出一点点的轮廓。

　　趴了两个多小时，雨渐渐停了，乌云开始变为白云，而且越来越高、越来越少。我越来越激动，看样子老天似乎有放晴的迹象，我们一家三口的运气真的不是一般的好啊！

我在窗前趴了两个多小时，只看到了两三次这样的羞涩一露。

直到8点20分左右，浓密的云撕开了一道口子，富士山的腰身瞬间展现在我的面前。但这一过程果然只有两三分钟，云彩飘过，她就重新将自己藏了起来。我想，这是我人生第一次相信奇迹，并看到奇迹了。所有的不可能，竟在渐渐变为现实。

又过了没一会儿，瓜总醒了，我也只得暂时离开窗前，收拾东西准备前往下一站。

我们10点退了房，坐上了酒店开往车站的班车，正准备发动，一车人突然聒噪起来，大家纷纷举起相机跳下了车。我回头一瞧，原来"神山"在羞涩了一早上后，终于肯露脸了。

我也不能免俗地下车一通狂拍。虽然还有不少稀薄的云层，就像一顶扣在头上的帽子，但白雪皑皑的山顶已经显现。

一个小时后，国内的朋友发来一条新闻：美国新闻网报道，富士山今天上午

不二的高岭，却戴了顶"帽子"。

出现多年难得一见的冠状蘑菇云……看来我们一家的幸运奇迹还在延续，谁能想到预报连下三天雨，早上还阴沉无比的天，怎么就突然这样了呢？

收起相机，我躲在一个没人的角落，看着大山轻轻念道："爸，你看，是那座山啊。"

后院再起火

来到河口湖车站的时候，已是上午 10 点 15 分。按计划，我们还有很多事情要做，比如在附近逛一逛，猫同学想乘坐环湖巴士，而我又答应了几位国内的朋友，要在河口湖的邮局给他们寄一张明信片，还一定要盖上富士山的大印章。

河口湖，除了一个净，我觉得再说什么都是多余的。

但是这一切要有一个前提条件——我们得先找个地方吃顿早饭，空着肚子跑可不行。

可脱离了大城市，河口湖这种小地方的劣势立刻就显现了出来。我们在车站附近转悠了将近半小时，竟然没能找到一家开门的饭店。唯一可以吃到东西的地方，还是前一晚我们吃过的站内难吃套餐系列。

猫同学这下不干了，一直和我强调她不吃可以，但必须要找到瓜总可以吃的东西。而我呢，则一直只顾着对着远处的山头拍照片，的确没怎么在意上午的行程。因为今天上午是我提前设定好的休整日。

等三口人遛了好大一圈回来，非但没能找到吃食，我还发现了两个更要命的情况：首先，河口湖邮局我不知道在哪儿，也没关注哪里有卖明信片的，如果不先吃饭却要去找这个，猫同学绝对暴走。其次，如果我们错过了10点50分下山的巴士，那么中午1点之前都不会再有车，我们就要在河口湖待到下午。而今天的行程恰巧又是要转乘多次到镰仓，下午走，到的时候天就又黑了，将会重蹈昨天的覆辙。

眼看离发车时间不足十五分钟，我只得一狠心一跺脚，咬牙决定——立刻下山，到御殿场站直接吃午饭。今天说什么也要在天黑前赶到下一站入住。昨天耽误掉的时间，今天必须找补回来，不然我们的行程就可能会一直向后错。

从日本回来后，有朋友问我，包括猫同学当时无奈上车后也问我：明明还有半天时间，为什么不在河口湖多少玩一玩再走？我的官方解释一直是：要赶上进度，不能一直向后拖。

其实这只是一个借口。当时的情况再清楚不过，如果要玩，就要先吃饭，可问题是找不到饭店。找饭店的时间越久，猫同学和瓜总的"怒气值"就会越高。所以，午饭前的这段时间一定会在埋怨中浪费掉。然后，吃饭至少要花一个小时，我们即便再省出时间玩，下午 3 点也必须要下山。多方计算后，我们其实只有一个多小时的时间在附近游玩，最终还要面对天黑才能赶到镰仓的结果。

既然如此，那我想要完美解决这么多问题，既不赶时间，还不想被埋怨，就只有放弃这一个多小时的游览时间，选择立刻下山。至少坐在车上，猫同学知道孩子再饿，也得等下了车才能有饭吃。

当多日后我和她算起这笔账，猫同学听了感叹不已，冲我抱拳道："你真行！我是没这本事，三五分钟内计算时间、计算结果，还把自己的处境都能给计算

在河口湖车站，我只干了一件事，就是不停地拍照。

进去，最终就来了个河口湖半日游！真有你的！"

我表面上和她打哈哈，其实无比佩服自己当时的"英明决定"。一家子出去玩，高兴为主，如果因为一些小事情还要在异国他乡吵架，导致后院起火，那就干脆不要出去了。

从此，我欠下了和猫同学的一个新约定——富士山超级无敌五日环山豪华大周游。

富士山印象：

我个人觉得，如果要在这个世界上选两座最能震撼人心的山，无外乎喜马拉雅山和富士山。它们是截然不同的两种风格。富士山平地而起，身材婀娜，搭配上富士高原的美景，单从美感上来说，会更胜一筹。有人喜欢看山，更喜欢登山，但对富士山来说，观赏的意义远大于征服它的成就感。只可远观而不可亵玩矣，说的就是这个意思。

我们的行程安排：

第一日：沼津—御殿场—河口湖。

第二日：河口湖。

富士山其他热门景点：富士五湖、忍野八海、箱根山芦之湖。

本章小贴士：

1. 从静冈县前往富士山有两条路：一是在三岛站下车，乘大巴可直接到御殿场或河口湖。二是从沼津出发，乘御殿场线到达御殿场，再转巴士到富士五湖地区。

2. 至于御殿场，其实只是富士山脚下多地区往来的中转站，因为那里有奥特莱斯，是购物狂们的天堂。但御殿场周边风景不多，旅店也不多，并不太适合度假看山住。

3. 去富士山玩耍，我个人认为，至少要待两个晚上两个白天，才能完全把想看的都转一转。特别是如果既想去富士五湖又想去箱根，请最好腾出三天左右的时间。

4. 御殿场站有两个出口：一个是箱根乙女口，一个是富士山口。富士山口站前，是御殿场往来富士山地区、静冈、东京的主要巴士停靠站，而箱根乙女口则有奥特莱斯免费巴士的乘车处。

5. 富士五湖中，山中湖最靠外，从御殿场坐过去半个小时车程。再往上就是河口湖，据说这里是看富士山的最佳地点。河口湖旅馆多，交通方便，有通往大月的铁路，可一路坐火车到东京，也有通往御殿场、三岛、东京的巴士。再往里走，就是西湖、本栖湖、精进湖，这里地广人稀，风景最原始最吸引人，但是交通也最不便利，配套设施也差些。旅游者可根据自己喜好自行选择。

第六章
镰仓，新月之海，雾雨朦胧

　　在我心中，有这么一座城，终年下着淅沥小雨。面朝大海，却无须花开，安静是她的脾性，古朴是她的情怀。你不会为雨而愁，只因那是这座城的一部分。时间在这里变得缓慢，就好像海岸边的小火车，叮叮当当总也开不到尽头。我能走，也能随意驻足，赏不完的风景，叫人忘掉乡愁。如果问我这座城在哪儿，我会告诉你，是镰仓。

十五分钟的美丽邂逅

虽然早知今天会非常折腾，但令我和猫同学都没想到的是，从河口湖下到镰仓，竟然花掉了我们近六个小时的时间。从上午 10 点 50 分发车离开河口湖，直到下午 4 点 15 分，我们才算是终于到达了目的地。

当然，这其中也包括了吃午饭的时间。没什么说的，午饭依然还是在前一天那家拉面店解决的，依然还是那款我评价颇高的黑胡椒肉酱面。

我们今天的行程是：先乘坐巴士从河口湖回到御殿场，吃过午饭后，乘坐御殿场线前往神奈川县的国府津，然后从这里再转乘列车到达藤泽，最终，在藤泽换乘江之电铁路前往我们在镰仓的旅店入住。

虽然折腾，但好在全程铁路，坐着不挤，瓜总也不会急。而且我的旅行守则是，沿途风景和目的地同样重要。

最近一直在帮助几位朋友解决在日本旅行期间关于列车转换乘的问题。他们最头疼的是如何在旅行中尽量少换乘，即使换乘也少出站，最好是买一张票就能够直达目的地。但这一点恰恰是我在旅行中最不担心的问题。我坚信沿途的风景往往好过你的最终目的地，每到一个地方换乘，我都要出站，到外面走一走、看一看。哪怕是走不远，但这个地方我至少来过了，我看到了她的样子，我会知道，如果下次再来，这里值不值得我逗留。时间耽误不了多少，却往往能够有意外收获。

所以每当有人问我怎么换乘能快速到达目的地时，我虽然耐心解答，但总想问一句：一心一意，排除一切干扰，只为赶往一个个目的地。这还是自由行的精神吗？我们潜心研究交通、住宿、交流，学会了能够独自在异国他乡旅行的技能，为的是什么？还不是为了脱离旅行团那种只是挨个逛景点的痛苦，能够自由自在地旅行和游览？

可结果呢，往往是离开了大团，却又掉进了自己给自己设的小团。还是那条路线，还是马不停蹄地跑景点，结果是花掉了更多的钱，浪费掉更久的时间。

诚然，我们的每一天旅行、每一天的落脚点是固定不变的，但旅行应该是一串精心加工和搭配的珍珠项链，那些城市、那些景点，也许是这串项链里面最出彩的几粒。但是，少了将它们串在一起的一粒粒小珍珠，这串项链依旧是干瘪和丑陋的。

这也正是我为什么选择进入富士山前在沼津住一晚的原因。如果没有这一晚，我们不可能会撞见那座美丽的海边小城。

而国府津，也被我誉为此次旅行中仅次于沼津的那粒珍珠，虽只有短短的十

国府津站前广场，那幢灰色的楼后面就是湘南海岸。

几分钟，但正因如此，邂逅才显得如此难得和美丽。

严格来说，国府津只是小田原市的一个站，这里是东海道线上 JR 东日本与 JR 东海的分界车站，同时也是御殿场线的东边终点站。车站正对着相模湾，离海边的直线距离只有百十来米。

我们并没有计划在这里观光游览，只是为了转车去往藤沢。但是刚一下车，午后的阳光和海风扑面而来，隐约还能听到远处传来的海浪声。我和猫同学只是一个眼神交流，顿时就明白了对方的意思，毫不犹豫地推着瓜总走出了车站。

我们已经习惯了日本小城的这种宁静，即便是正午时分，车站和站前马路上也是稀稀落落没几个人，但一切都是那么的整洁有序。我们顺着海风刮来的方向看去，海岸线近在咫尺，只需走过马路对面的一排房屋就可到达海边。

我们本想走到海边去瞧一瞧，但看到坐了大半天车的瓜总在站前广场上撒欢儿，也就放弃了这个打算。两个人肩并肩，静静地享受着小城带来的别样感觉。纵然我可能今生不会再来到这里，但至少我们相处了十五分钟，惬意而美丽。

阳光、海风、小城，没有人。

百货公司里的奇观

终于，下午的 3 点 50 分，我们在神奈川县的藤沢市下了车。基本上完成了今天的主要行程，剩下的就是去旅馆入住了。

藤沢也是多条铁路线的交汇处，其中最著名的，当属百年铁路江之电。

江之电和我们在京都坐过的岚电一样，历经百年沧桑，几乎见证了铁路的发展史。整条线路西起藤沢，东到镰仓，全长 10 千米，共设有十五个站点，行程三十四分钟。所以，如果从东京前往镰仓，在镰仓站下车即可乘坐江之电。对于我们这种从西边过来的旅客，就要在藤沢转乘了。

藤泽站外，还是比较繁华的。

江之电全线几乎都从镰仓市区穿城而过，途径山区、河流、隧道以及海岸，乘客在饱览沿途风光的同时，还能够细细品味古城原汁原味的街道。而且不同于岚电的是，江之电几乎每个站点都足以让人有下车一游的冲动。无论是江之岛的秀丽风景，还是动漫迷的朝圣地，抑或镰仓大佛这等国宝级文物，几乎每个旅者都能在这里找到自己想要看的东西。

当然，跑了一天的我们这会儿主要任务不是游览，而是尽快找到旅馆，扔下行李稍作休息，再说下一步的打算。好在我们的旅馆已经近在咫尺，出藤泽站，坐上江之电六站，在腰越站下，再步行 100 米即到，名字叫垣屋日式旅馆。

百年铁路江之电。

可是我和猫同学推着瓜总在藤泽站外兜了好大的一个圈，居然没能找到江之电的站台。因为是老铁路，所以江之电和 JR 藤泽站并不在一起。

我举着手机，站在一间百货公司的门口，奇怪不已道："不应该啊，谷歌地图显示就是这里，怎么就没有呢？"

猫同学也觉得有意思，按理说百年前的铁路，首先不可能是在地下的，那时候的人们应该还不知道什么是地铁。那既然不在地下，难道在……她抬头看了看百货公司，问道："该不会是在百货公司里面吧？"

"百货公司？开什么玩笑！"我立刻否定了她的猜想，"就算在百货公司里，也总要有铁轨吧？你在这外面兜了一大圈，看见铁轨了吗？"

猫同学可不会被我唬住，继续"胡扯"道："那说不定是在二楼呢！"

我嘴里嘟囔着"信你才出鬼"，但还是迫于压力，跟着她上了百货公司的二楼。不过一从电梯里出来，我顿时傻眼了。这家百货公司的二楼，一半是卖服装鞋帽的，而另一半……一排售票机、改札机，几个大大的发光字，明确地告诉我：这里是江之电藤沢站。

它居然真的藏在百货公司的二楼里！

小列车开得很慢，在城市中叮叮咣咣走了好一阵，才到达我们的最终目的地——腰越站。虽然满眼的风景看不过来，但是我还发现个挺有趣的事情，就是江之电其实大部分路段都是单轨道，只有在中间的几个车站内才铺设双轨道，所以如果同时对开的两趟车想要错开通过，就必须在这几个站内交叉开才可以继续前行。

纵然如此，当一辆列车开过部分街道时，马路上的行人和汽车也必须要抓紧时间往路边退让，以便给电车腾出空间通过。这种情况我还真是头一次见，虽然国内有些城市也有轨道电车，但街面都很宽广，行人汽车各行其道，根本无须避让。

江之电沿途风光。

佩服！都是看心情做生意的高人

　　我们住的这家垣屋日式旅馆是一个典型的民宿，二层小楼，大概有七八间客房，离江之电腰越站很近，就在电铁线路旁。老板是位六十来岁的老太太，见我们到来十分热情，但是她完全不会英语，只得从对面她家的饭店里又拽出来一位大叔和我们交涉。大叔的英语基本上和我一样烂，但这不妨碍我们的友好沟通交流。最后，他把我们安排在了一楼唯一的一间客房，除了这间房，外面就是大堂，还有公共的浴室和厕所。

　　其实这家旅馆并不符合我此行的住宿标准，没有浴室，没问题，但没有独立的厕所就有点难办了，处理起瓜总的排泄物会很不方便，最关键我怕弄脏人家的屋子。不过她家的地段实在是太好了，推门就能看见江之电，100米外则是湘南海岸，往前走一站即为镰仓高校前。如此优越的地理位置，我也只得无视没有独立厕所的问题。

　　放下行李，在屋里稍事休息，我们一家三口决定去海边逛一逛。因为想要多走走，就没有预订他们家的晚餐。老板听后说了些什么，大概意思可能就是晚上比较不容易找到吃饭的地方。当然，时间尚早，我们并没有在乎这点。

　　刚一出门，一辆江之电就从我们面前1米处呼啸而过，两旁汽车听到电铃后早已退让至街边，看得瓜总好奇不已。我们一边闲散地逛着街，一边观察着路边的店铺，看哪家合适了，就在那里把晚餐解决掉。

　　猫同学在街角发现了一家叫作平胜鱼市场的鱼店，卖整鱼，也卖新鲜的刺身，她已经瞄上了其中的两盒，打算一会儿回来就买了吃。而我为了安全起见，首先观察了一下附近的两家便利店，里面还不错，东西食品挺全。

人行道窄得无力吐槽，而且还几米一根杆子。

远处的江之岛，灯塔清晰可见。

镰仓高校前，"高"字还不亮。

在我心中，湘南海岸应该是恬静迷人的，海浪轻抚沙滩，人们悠闲享受着宁静时光。可十分钟后，当我们来到海边，看见的实际情况是……沙滩的没有！太阳已经西下，海浪拍打着岸堤，声音还有些骇人。一辆辆汽车呼啸而过，路边都是跑步的人。而且我真的没有想到沿海公路的人行道竟如此之窄，仅容两人并肩通过。我推着瓜总走在上面，十分艰难。

于是，在镰仓高校前溜达了一圈草草一观后，我们就决定回去找饭吃。

等我们走回旅馆所在的那条街，更令人无奈的事情出现了：刚才还都开着门的饭店、鱼市场，居然只是过了一个太阳下山的时间，竟然都纷纷关了门。小城顿时变得冷清异常，只有那么一两家高台烧烤的居酒屋还亮着灯，但是瓜总显然无法老实坐在那里吃饭。

我俩不得不感叹，日本小地方的店老板们开不开门完全都是看心情的，高兴就多开一会儿，不高兴则干脆关门回家。怪不得出门前旅馆老板要提醒我们可能吃不到饭呢。后来甚至听说有些店老板如果今天没有在市场里看到符合自己做料理标准的食材，那么宁可今天关门不做生意，都不会降低标准。的确是有、够任性！

看见那家鱼市场也关了门，猫同学悔恨不已，只得冲进对面的便利店大肆搜刮寿司和关东煮。然后她还意犹未尽，说这十来天嘴太淡了，还没怎么吃青菜，又买了一瓶辣椒油、一棵生菜和一棵洋葱。我也不甘示弱，又跟着买了两瓶酒、一份鸡排饭，和瓜总一起吃。

回到旅馆，和老板沟通一番，说带着孩子没办法在饭店吃饭，老太太这才不放心地同意我们将晚饭带进自己房间。

电铁站的赤木晴子

此次日本之行，如果问我自己最想去的究竟是哪里，我一定会告诉你是镰仓。这座建城史近千年，和京都、奈良并列称为日本三大古都之一的城市，其实并未得到更多人的关注和了解。

我曾经在想去日本的朋友圈中提过一个问题：你的日本行程中含不含镰仓？一共有二十多个人回答我，说打算去的，只有区区四人，而其中两人还只是单纯的动漫迷。

其中近一半的人反问我："镰仓是哪？"然后还有三位干脆回答："不去，我又不是动漫迷！"实在是令人啼笑皆非。

当然，我说这些无意指责谁浅薄，仅仅只是在为镰仓鸣不平。我个人觉得，镰仓的风景和人文历史，特别是游览性，当在奈良之上，只是少了几头鹿而已。

不过呢，作为从小看日本漫画长大的80后来说，来到镰仓，我自然也不能免俗。当天晚上就跑去了在国内号称动漫迷朝圣地的江之电镰仓高校前站，那个在《灌篮高手》中被人们膜拜了无数次的路口。

其实我自己也说不清我对镰仓的喜爱源自于哪里，在我和父亲的约定中，从来不曾出现过镰仓的身影，但我就是莫名地向往这里，感到亲近。江之岛、湘南海岸、江之电，深夜的古街老巷，对我来说都是那么有韵味，或者说有点……浪漫。我甚至把自己的一部作品背景放在了这里。

我本身并不是一个善于表达和形容浪漫的人，不会整天去碰那些体现地老天荒、海枯石烂的文字，但我深藏内心的浪漫情怀告诉我：在这样的一座古城里，两个人打着伞，在雨中并肩而行，时而在海边漫步，时而在幽巷中依偎，时而乘电铁穿行，时而在岛上看着夕阳下落，这样的场景，大概才算得上我认为的浪漫吧？

所以，对于始终要晴天的我来说，反而想要瞧瞧雨中的镰仓是怎样一番风景。

于是，当第二天我一早醒来，镰仓真的下雨了。

一大早我往往是顾不得去欣赏风景的，在门口草草抽了根烟，静立片刻，就开始回屋叫醒他们娘儿俩，准备今天的行程。

昨天我们并没有购买江之电的一日卡，因为这个通票是当天用当天买的，所以来到车站，我们的第一件事就是购买江之电一日卡，然后看天气决定前往哪些地方。

第一站自不必说，还是镰仓高校前，昨天拍照时天已经黑了，所以今天我还想着能够拍下一张和动画片中差不多感觉的照片。但是天不遂人愿，江之电线路上运行着其各个时代的车型，我们在雨中等了十几分钟，却总也等不到那款绿皮车，无奈之下只好作罢。

坐在车站喂瓜总吃包子，我俩不停地感慨，这里的环境真的是太好了！除去身旁那片墓地不说，整个车站面对着湘南海岸，两下里只隔着一条马路，海风扑面，远处的江之岛若隐若现。眼瞧着好几趟列车在我们面前进站，又开走，没人想动。猫同学见我傻傻发呆，问我在看什么。

我笑着道："在等赤木晴子（《灌篮高手》中的女主角）。"

猫同学切了一声，不以为然，似乎在嘲笑我的弱智，竟然会喜欢一个动漫人物。但谁会在乎呢？也许，下一班车里面就有她。

想到这里，我站起身，笑着拍拍猫同学道："走吧！准备上车咯！"

时刻保持危机感

由于猫同学的身体原因以及下雨，我只得忍痛放弃了江之岛半日游。这丫头现在也跟我学精了，她知道我肯定不满足于只来一次，于是每当不得不放弃哪个景点时，她都会安慰我："没关系，下次再来。"

我唯有报以苦笑，下次？鬼知道下次是什么时候！

但是，高德院镰仓大佛是肯定要去的。

高德院镰仓大佛，古都镰仓的象征，日本国宝。大佛净高 11.3 米，连台座高 13.35 米，重约 121 吨，内部为空心构造，可以从佛像背后底部进入参观。目前所看到的铜制座佛像建造于 1252 年，与奈良东大寺大佛在后世经历多次补修不同，镰仓大佛基本保持了造像当初的形态，所以非常珍贵。

要去高德院看镰仓大佛，从江之电长谷站下车向上步行十分钟即到。因为在半山腰，我们一路上来，都是差不多 20 度的大上坡，走得猫同学叫苦不迭。但我却在奇怪别的地方，因为历史记载，1498 年，由于海水倒灌，将高德院的整个大殿冲毁。从此开始，佛像才一直露天供奉，直到如今。

如此高的地势，目测怎么也比海边高出来几十米，怎么就能倒灌呢？

带着这个问题，我再去观察，角度就开始变得不一样了。我渐渐发现，一路上许多屋子、墙壁，或是比较显眼的地方都会钉有一块金属牌子，上边标注的是此处高于海平面多少米。比如说车站附近的牌子，写着海拔3.5米，而向上走了一会儿，再看另一块牌子，就成了海拔6.2米。

　　想明白后就不难理解了，日本是个地震频发的国家，而我们都知道如果震级过大，就有可能引发海啸，比如说2011年3月11日的东日本大地震。有了这种牌子，一旦地震来袭，人们通过电视、广播得知消息后，就能够知道待在多高的地方可以躲避海啸。比如说发布海啸预警，浪高3米，那么躲在差不多海拔5米或更靠上的位置，就可以保障最基本的人身安全。这样做的好处就是，首先便于民众能够快速撤离至安全区域，其次不至于因为所有人都拼了命地往最高点跑，导致人为的惨剧发生。危机防范做得的确很到位。

　　倒也不是佩服日本人的危机意识，他们真的是被自己所处的地理位置给逼得没办法了。生活在这样一个资源匮乏，地震、火山、海啸等自然灾害频发的

造像倒真不错，仪态端庄。

国家，不时刻保持警惕是不行的。

高德院地处半山腰的一块平地上，来到门前，看见郁郁葱葱的大树遮掩着里外两道山门，但是进到里面才发现，高德院就两个院子，前面的大广场上坐着大佛，大佛后面还有一个小院，不过三四百平方米，一小片林子、一间精舍，除此之外再无他物。

拿着 200 日元一张的门票，猫同学直呼坑人。说什么怪不得外面种那么多树，主要目的就是为了挡着大佛，不然肯定没人会买票进。我倒觉得，好赖人家是日本国宝，花十几块人民币进去看看也没什么不值的。

煎饺奶奶

从高德院出来，小雨越下越紧，猫同学又在为她和瓜总的肚皮抗议。我只得选择直奔镰仓站，在那里解决午饭后，视情况看要不要去鹤冈八幡宫。但是，纵然我们这些游客们怀揣着各种各样的消费需求，镰仓站外商业街的店老板们依旧任性地不肯开门营业。估计是人家早上起来一瞧下雨，干脆在家睡懒觉得了。

猫同学是逢商业街必逛的，哪怕一眼看过去，开门的不过三五家，她也要冲过去一瞧究竟。好在我们两天前在御殿场买了两把雨伞，于是她打一把，我给瓜总打一把，就这么冒着雨在一条几乎没人的商业街上闲逛。

二十分钟前还在嚷嚷着要吃饭的人，此时再也不提午餐那茬儿事了，反倒在一个个服装饰品店里面流连忘返。所以，找饭店的重任还是落在了我的肩上。

眼见整条街就要走到头，总算看见了一家开门的拉面店。我还在研究菜单上的日文，店门突然从里面推开了，一位年约五十岁的大妈探出头来，一脸热情地邀请我入内。我心说行啊，这家就这家吧！可是扭头一瞧，他们母子竟然没了踪影。

没办法，我只得简单应了人家一声，还要回去找老婆儿子。也不知道大妈是否听懂了我的蹩脚英语，反正见我要走，脸上写满了失落。

三分钟后，总算将他们娘儿俩从一家服装店里给拽出来，我这才算正式推门进了这家拉面店。里面不大，宽不过三米，长十来米。最里面的位置摆着两张四人桌，除我们三口和那位大妈及厨师外，竟然一位客人都没有。大妈见我去了又回，格外高兴，赶忙将我们带到四人台。等我们坐定了，大妈不问我们吃什么，反而先问我们打哪儿来。

简单聊了两句后，大妈这才想起我们是来吃饭的，连声道歉后又慌忙点菜。好在这一路来面吃得多了，倒也认得那几个日本字，我点了一份盐味拉面和一份豚骨拉面，给瓜总外加一份煎饺，算是把午饭给打发了。

大妈似乎对我们一家三口格外感兴趣，趁着还没上菜的时间，又走过来找我攀谈。可能是我的英语实在太差了，也可能她的发音我的确不能听得真切，结果导致这次双方都露了怯，说了没几句，就因为语言障碍无法再交谈下去，大妈只得悻悻离开。

不过她家的饭味道的确不赖，瓜总一个人吃光了一盘子煎饺（其实只有六个）。一旁厨房里的大妈看在眼里，没过片刻，竟然又端了半份煎饺过来，表示要送给瓜总吃，免费的。

虽然三个小饺子放在国内，的确不值几个钱，但难得人家那份情谊。我们不好推辞，只是让瓜总说了句"谢谢奶奶"。

直到我们吃完走出去很远，回头还看到雨中那个有些清瘦的身影，在朝着我们挥手点头，只是越远就越朦胧。

心意这个东西，是不受语言限制的，你对我好，我自然知道。

你我皆有缘，梦已不凡

虽然我这人以前喜欢编些鬼故事，但我不迷信，也不信命，可我却独爱缘分这个东西。在我看来，缘分不是迷信，是时间、地点等一切条件都恰到好处的时候，自然而然该要发生的事情。就像我们这次来日本，为什么以前不来？那是因为条件不够。等到时间、资金都充足了，那么来玩就成了自然而然的缘分。

当然，缘分里面也有很多不可控且说不清道不明的东西。如我对镰仓的感情，没有任何的原因由头，但就是喜欢。

头一天的深夜，我一个人站在旅馆外抽烟，看着最后一班江之电在身前呼啸而过，感觉这座城真的是太美妙了。街道、人群、海岸、电车，一切都是那么令人着迷。如果不是江之电，这座城恐怕会更加安静怡人。但江之电的前进声却又很好地起到了串联作用，把这座湘南海岸边的城市给巧妙地连起来，犹如一串被人遗落在沙滩的珍珠项链。

我们住的这家垣屋日式旅馆，老板晚上根本不在这里，前台电脑、打印机等各种电器都有，可人家就一扇电动门，甭管夜再深，谁都可以随意进出。所以镰仓的静，是由内而外的一种生活状态。这里的人们乐观、安逸，却又不失友善。我在镰仓高校前拍摄那个路口的时候，一位开着红色跑车的大姐远远看到我在取景，竟然逐渐放慢速度，停在我后面，直到等我拍完，这才重新踩下油门。

这样的景、这样的人，还能要求什么呢？

如果将来有条件，让我找一个自己喜欢的地方去养老，那里一定要气候温润、四季分明，天晴能看到雪山，天热能下海游泳，闲暇时去河边钓鱼或是爬山，即便下雨了也能够惬意地在屋内泡上一壶茶，闲看外面一整天都不会觉得倦。

布置温馨的旅馆前台。

这个地方，非镰仓莫属。

镰仓不像富士山和京都，从小就出现在我家各处的显要位置，她始终留存在我的梦里。新月之海，是我自己给这片湘南海岸起的名字，因为站在岸边放眼望去，整条海岸线如同一弯新月，静谧悠然。

当一年前的一天，我决定写一篇有关爱情的故事，两个年轻人要摆脱世俗观念等的一切眼光，奋不顾身地去追求爱情的时候，我就觉得，这个故事一定要发生在镰仓，发生在那雾雨朦胧的夜。犹如梦境，却直击心灵。

晨风里，是你的容颜，

勾勒出隽永画面。

海之外，我日夜思念，

梦中那新月港湾。

当爱远隔万水千山，

拆散灵魂方能阻断。

记忆浮出大海之澜，

狂风中被无情吹散。

无法触摸的爱恋，将所有纷扰打乱。

即使锁困住时间，也不能抵达昨天。

我把你奉在指尖，可惜却明白太晚。

倒转了沧海桑田，重又在原点相见。

那一天，

如果我没出现，

泪珠将永不搁浅。

那一天，

如果我没出现，

这世界兴许未变。

镰仓印象：

- -

我不想以太多的文字去形容、描绘镰仓。毕竟我写的是游记，是旅行推荐，而非在讲述一个结构完成的故事。更多的感觉和认识，是需要大家去游历、去感受的。镰仓的美，在舒缓，在闲散，在曲径通幽，在安然享受。来到镰仓，请一定把节奏放下来，用心去体会这难得的安宁。

镰仓旅行必备品：江之电一日卡（630 日元）。

我们的行程安排：

- -

第一日：藤泽—腰越—湘南海岸—镰仓高校前。

第二日：江之电—高德院镰仓大佛—镰仓站。

镰仓其他热门景点：江之岛、鹤冈八幡宫。

本章小贴士：

1. 江之电一日卡在江之电各售票机有售，当日买当日用，请勿提前购买。

2. 榻榻米在日本人眼中是非常神圣的，所以大部分有榻榻米的民居是不允许客人在房间内吃东西的。如果非要吃，请一定先征询老板的意见。

3. 购买江之电一日卡后，可向站台工作人员索取江之电观光地图一份。江之电每站均有盖章处，收集控的朋友不要错过。

4. 镰仓的店家普遍关门歇业的时间较早，要吃晚饭一定赶早。

5. 在超市买刺身，一定记得同时问问有没有随包装的酱油和芥末，没有就得自己买。

第七章
东京，全世界最繁忙的都市

　　貌似全世界的大都市都一个样，人如蝼蚁，麻木而忙碌地生活着。每一天，都有无数人来到这里，找寻传说中的机遇和财富；同时，每一天，也有无数的人想要逃离这里，寻求内心真正的人生与梦想。孰是孰非，无从评判。但至少有一点是可以肯定的，想要在这里立足，很不易，而想要真正彻底地逃离这里，更加不易。

该面对的，终究躲不过

镰仓的雨虽然让我看到了魂牵梦绕的画境，却也因为这场雨，彻底浇灭了猫同学前往下一个景点的念头。因为此刻矗立在她面前的，不单单是我们此行的最后一站，也是最为吸引她的地方：亚洲第一大都市——东京。

纵然此刻我们人在镰仓，她的心早就飞到几十公里外的东京都了。这种吸引力，不是任何景点和美食所能够替代的。可能在猫同学眼里，东京，早已变成了一个超大的购物袋，在那里张开大嘴等着她。

离开了镰仓，我们一家三口终于坐上了直奔东京涩谷的列车。在那里我们先停留一天两夜，都留给猫同学逛街，然后转战日本桥附近，住上最后两晚，结束我们的整个旅程，乘飞机回国。

也就是说，共计十三天的超长行程，我把最后的四天半都留给了东京。

在我们的此次行程中，我一共预留了两天给猫同学逛街购物，分别是第七天的御殿场和第十天的东京。而我，惭愧地说，20 世纪 90 年代初的《东京爱情故事》，我是直到去年过年的时候，因为写作需要才第一次从头到尾看了一遍。这次在东京最想干的事情，就是进行一次简短的《东京爱情故事》外景地巡礼，体味一下莉香和完治那突如其来的爱恋，也算是找寻一下创作灵感吧。

涩谷站算得上是东京都内比较繁华的站点，周边商业店铺环绕，高楼林立。猫同学已经在我这儿偷了半天懒，此时吃饱了，坐车也休息够了，撸胳膊挽袖

涩谷站，第一次见识了千人过马路的壮观景象。

子正准备出站了先去血拼一把，但有句俏皮话怎么说来着？ "在家不行善，出门大雨灌。"此时的东京，正下着一场不算小的雨，而我们的好运气也终于消耗殆尽。自关西开始，这九天里面，基本上看哪里的天气预报都是有雨，但到了就不下了，即使在富士山、镰仓下了，也基本上是在夜里和早上，并不影响旅行。但是在东京，"迎接"我们的，却是一场把人浇透了的雨。

我们在涩谷出站时，雨还不是很大，打着伞慢慢走倒也还行。可是越走雨就越大，我们又要一边看地图一边找酒店，最后连车都推不成了，只得收起来抱着瓜总，一人一把伞，边走边寻找酒店的位置。

好在酒店不算远，出站向北三个路口，步行十来分钟就到。饶是如此，等办理完入住手续，进到房间卸下装备，我的裤子和鞋都已经湿透了。

看来，该来的，总归躲不过。

那车、那人、那片林

这次东京之行，我原本把四晚的住宿都订在了东日本桥附近的东横 INN 日本桥税务署前宾馆。算是中心城区，但是靠东边，而猫同学想要逛的新宿、原宿、涩谷却在西边，于是在出发前夕，我火线将前两晚住宿改为代代木公园旁的新宿神宫都美酒店。而新宿神宫都美酒店也一跃成为我们此行最为奢侈昂贵的两天住宿，每天约合人民币 900 元还要多一点。

实话实说，本来我对酒店有着严格的控制要求，其他地区尽量选择每日住宿在 500 元以下的。东京略贵，就尽量选择每日住宿费用在 600 元左右的。但一方面没经验，单从网站上看照片感觉东横的住宿条件很简陋（其实非常好），不放心，怕来了感觉不好又不能退；另一方面我们旅行的一大爱好就是天天换酒店，走到哪住到哪，不走回头路。所以这导致我们在日本十三天，住宿方面至少多花了 2000 块冤枉钱。

神宫都美酒店位置很好，就在山手线的边上，并不直接靠近大路，相对安静，山手线对面就是国立代代木竞技场和代代木公园。步行十分钟内可到达的地区包括：涩谷、原宿、表参道、明治神宫、代代木公园和国立代代木竞技场，坐一站车就能到新宿。唯一一点可能让国人不舒服的就是窗户下面有一小片墓地，不过我们一路走来墓地见得多了，无所谓，有忌讳的朋友们就要慎重选择这里了。

不过这家酒店的欧美游客比较多，虽然贵，但房价包含早餐和夜宵，而且品种、菜式、口味都非常棒，西餐、日式的、韩式的都有。单从这一点来说，一天 900 元倒也不算很亏，毕竟出去吃那么两顿饭少说也要二三百人民币。

我们房间的视野也很好，站在窗前就能看到下面的山手线和对面的代代木公园及国立代代木竞技场。雨水打在窗户上，景象在逐渐模糊，但远处的那片林却愈发青翠。还记得莉香和完治在代代木公园一边倒退着走一边念着对方的名字吗？

难得的开阔视野，很适合我这种人发呆。

如今那片公园空地的砖也早已重新铺就，你们可还安好？

山手线的草绿色列车在楼下呼啸而过，带走了成千上万的人，也带走了我对这座城市长久以来那点简单片面的印象。在这个生活着三千多万人的超大都市圈，莉香和完治的故事几乎每时每刻都在上演，也许你根本就不会知道，就发生在你的身边。虽然已经过了二十年，人在变，观念在变，生活节奏在变，但有一点不会变，爱情始终是不受时间限制和约束的。

许多日本人从小地方来到这里，为了事业、为了财富、为了爱情、为了家庭，为什么的都有，但其实为的就是自己的人生。追求不同，得到的结果也各不相同。

不到奄奄一息的那一刻，你不会知道自己这辈子得到了什么，又错过了什么，究竟过得值还是不值。

车在、林在，人们来了又离开。这座城市，从来不是为谁而建。

"喂！你好了没？好了就出发！"早已不耐烦的猫同学将一边拿着电吹风吹鞋一边傻望着窗外的我给拽回现实。

就算下雨，总还是要逛街吃饭的啊。

三尺隔间一碗面

来到东京的头一天晚上，猫同学绝口不提"下雨不方便"的理由了。拉着我一路从涩谷逛到原宿，出了表参道又直冲新宿，充分领略了这座城市的钢筋水泥丛林和眼花缭乱的各大商业区。等再回到酒店附近，已是晚上8点光景（毫无意外地，我再一次在新宿的那家堂吉诃德门口崩溃了）。

其实猫同学并没有什么非买不可的东西，但是女同志爱逛街的天性你还是要满足的。我们在西边一线跑了好大一圈，她觉得没什么意思了，又回到原宿地区，围着表参道继续逛。直到一家三口都觉得饿得不行了，该吃饭了，这才开始找饭店。

我们的就餐标准是：空间大，有卡座，孩子能老老实实地坐进去就成，至于吃什么，那都无所谓。

直到我们在酒店对面不远处发现了家一兰拉面，俩人都觉得耳熟，在哪里

新宿站外，高楼林立。

瓜总背后就是那家令我"闻风丧胆"的堂吉诃德。

听过，貌似很有名，于是直接就冲了上去，在门口的点餐机上买了票，进门一瞧，傻眼了……一蘭拉面竟然是我最不想要进的饭店类型，一个隔间一个隔间，每人一个，那吃饭的地方挤得坐上人后面就过不去，这可怎么带着娃吃？

但是票都买过了，没办法，只得硬着头皮进去。服务员搬来一把儿童餐椅，往走道上一架，好家伙，彻底把里面的两个日本小姑娘堵死了，想出都出不来。

一蘭拉面是日本久负盛名的连锁拉面店，起源于日本福冈的博多。

一蘭拉面最有特色的地方在于（个人总结四点）：

1.完全是格子间，三尺见方的地方只能坐一人，左右都有隔断，食客面朝工作区，这样做的用途是创始人想要让每一位食客都能够心无旁骛、专心致志地吃一碗面。

2.一蘭拉面虽只售一种面，但会根据每位食客的口味单独定制，所以在吃面之前，每位食客都会被要求填写一张表格（有中文表格，可向服务员索取），上面包括面的软硬、油腻程度、配菜选择、调料选择、辛辣程度等十来项内容，填完这些，交予服务员，他们会按照表格上的勾选为您量身打造一碗面。

3.替玉、半替玉就是加面的意思，一蘭拉面支持有偿无限续面。吃不饱可以选择加面，替玉就是一份，半替玉为半份。吃完了原先的面，桌子上有替玉碟，将替玉的条放在上面，按下桌面上的按键，服务员会前来取走并很快送来。还可以选择加米饭，扣进去吃味道也不错。

4.半熟玉子就是半熟的鸡蛋，很有特色，几乎来吃一蘭拉面的都会点一个。

虽然进来后我们很快就想起了一蘭拉面的相关信息，但还是闹了好几个笑话。比如猫同学点面的时候，因为不知道替玉是什么意思，还以为是加一个鸡蛋，于是点了两份加替玉的拉面套餐，然后她怕我吃不饱，又点了一份加面（其实当时仔细看就会发现单独加面和套餐上都显示"替玉"两个字，但大意了）。结果这一下我们等于是本来有两碗面了，又加了三份面，好在瓜总也能搞定大半份，这才没撑死我……

然后，填那张制作单的时候，我们不知道有中文的选项单，拿着日文的划拉了半天，还是一蘭拉面里面有位来自台湾的小姑娘服务员帮我们更换了中文选项单，这才看懂。

我们吃到一半，里面坐的两个日本小姑娘出也出不去，又不好意思和我们说，只能干坐着聊天。见瓜总夹在我和猫同学之间坐得超别扭，服务员帮我们把中间的隔板卸掉了，我们这才知道原来隔板是能够活动的……

总之，这是我们在日本十几天来我吃得最饱的一次（一个人吃了将近三碗面，不饱才怪）！但是这种格子间实在是让人受不了，感觉跟蹲坑似的，但如果不带小孩子应该还是不错的。

前些日子貌似看到赵薇还在一兰拉面照了张相，深感摄影师的强大，这么狭窄的空间还能拉开架势照相，真不简单！

钢铁丛林和原始森林

我承认我们一家三口没怎么见过世面，神宫都美酒店迄今为止是我们所住过的最高档的酒店。这种高档并不是说房间有多大，设施有多豪华，而更多的是基于对房客的人性化服务。比如通过电视，能够实时查看楼下餐厅、休息区和大浴室的混杂状况。客人只需在房间打开电视，就能根据实时的情况决定是这会儿去吃饭或洗澡，还是现在人多等会儿再去。

神宫都美酒店也是这次行程中唯一一家我提前和他们沟通过的酒店，因为我指名要一张至少1.5米宽的床，不能再给1.4米或1.3米的。而他们也非常贴心，得知我们会带孩子，还特地预备了一整套幼儿的洗漱用品、睡衣睡裤、毛巾、牙刷。可惜对瓜总来说，那套睡衣依然还是太大了。

第二天，在酒店内躲过了上午的零星小雨，体力已经明显透支的我们决定今天继续休息，只去一个地方，就是房间窗户外的那篇翠绿——明治神宫和代代木公园。看腻了东京的钢铁丛林，今天也换换口味，瞧瞧原始森林。

原宿站旁就是神宫桥。

明治神宫是供奉明治天皇和昭宪皇太后灵位的地方，地处东京市中心，占地 70 公顷，现在其南部改为代代木公园，紧挨着新宿商业区，占据了从代代木到原宿站之间的整片地带，是东京市中心最大的一块绿地。

明治神宫于 1920 年 11 月 1 日启用，主要建筑在第二次世界大战中被炸毁，现在所看到的是 1958 年重建的。它同时也是日本神道的重要神社，东京五大神社之一。

明治神宫的正门就在原宿站旁，表参道走到头，过了神宫桥，就可以看到那个超大号的原木色鸟居。这也是我在日本见过的最大的鸟居，据说光重量就超过了 13 吨。第一代鸟居在昭和四十一年（1966）被雷电击中受损，现在这个是从台湾掠来的，生长于海拔 3300 米的密林深处，用树龄 1500 年的大树建造而成。

　　进入这片密林，我瞬间感觉气温骤降了三四度。这里种植着超过十七万株、近三百种树木。除了日本本土的，还从当时日本强占的中国东北、中国台湾、朝鲜等地运来树木近十万株。

这个鸟居超巨大。

　　真正来到神宫内院，除了那些建筑，倒也没什么更特别的。但是看着这片闹中取静的原始森林，我有些五味杂陈。

　　日本人这种掠夺他国资源运回本国的做法我当然不赞成，但就环境保护而言，东京的明治神宫代代木公园以及纽约的中央公园，都是很不错的典范。钢铁丛林和原始森林交织融合，很好地净化了城市环境。

真正的闹中取静。

饿死马累死驴，你是真正的"万人迷"

本以为今天能够相对轻松点地结束，但是刚从明治神宫出来，猫同学就想起一件很重要的事情，那就是我们这次来日本，猫爸希望我们能给他带回一根日本产的钓鱼竿。虽然先前在大阪、沼津都见过钓具店，但我们当时想，买那么早还要背着，太难受，不如到了东京再买。所以，现在已经到了最后时刻，是该出手了。

在网上搜寻半天，查到在东京新桥附近有一家比较大的钓具店。新桥在哪儿呢？就是台场百合鸥线的起始站，位于中心城区的东南部，距我们此时所在的明治神宫相对较远。虽然后天会去那里，但我们一致认为还是早买早安心，万一等到后天（最后一天）去了，没合适的，到时候想再找别家可就不一定来得及了。

既然决定，就是怎么过去的问题了。早就听说东京拥有全世界最庞大、复杂、变态的轨道交通系统，在下了富士山到达国府津后我们就发现，越是靠近东京，铁道线就愈发复杂。不过这并没有给我们造成太大的困扰，毕竟我们一路从关西坐着火车跑了过来，对于日本的交通运行规律已经基本熟悉，此时再去看东京地铁售票机上面那张密密麻麻的线路图，也没觉得有多难。

所以，许多人在纠结去日本旅行究竟是从大阪进还是从东京进的时候，如果真的对日本的轨道交通系统没有信心的话，不如先从大阪进，东京的地铁线路图真的是会把你看魔怔的。

还有，别以为看懂了交通图就搞定了一切，东京毕竟人口基数在那摆着，新宿、涩谷、东京、上野、银座地区都是大站，下面各公司线路纵横交错，有时候哪怕你只是在这里下车转个线，也都要做好跑断腿的准备。

正如猫同学，在决定了前往新桥后，她自告奋勇承担起了"线路规划师"的任务。勘查线路后她拍着胸脯告诉我："我们只要从原宿站坐一站到新宿，然后在新宿转乘另外一趟线，就可直达新桥附近。"

行，我没意见！既然人家这么肯定，爱她就要相信她。于是我们挤上了山手线，来到新宿后，按照车站上的提示，开始了漫长的转乘奔袭。

其实日本的交通系统提示做得都很好，基本上下车后站原地转一圈，就能知道自己该从哪个口出去。但是有一点，它的确会指示给你到某处要走哪个方向，可没告诉你要走多远。于是乎，我们又买了新的票，下到地下，按照指示，走过了一个又一个其他线路的站台，期间还上去又下来，那条线的指示始终出现在前方头顶，但就是怎么走也走不到。

如此奔袭了将近二十分钟，我拉着猫同学说："不……行了，这上上下下的，又不能推车，我抱着瓜总实在是走不动了！"

猫同学也有些束手无策，继续走吧，不知道什么时候是个头，天已经黑了，一家子都还没吃饭；可是退回去吧，想想都让人痛苦。

也不知道她是从哪里找来的一本中文购物指南，又埋头看了好一会儿，突然拍着大腿嚷道："哎呀！我没注意到！新宿也有这家店的分店！就在歌舞伎町一番街后面！"

顿时，我只觉得眼前一阵发黑……

晚上的原宿小街还是很有意思的。

清晨，独自约会

今天我起了个大早，6 点 50 分就偷摸着下了床，穿好衣服，带上相机，让他们娘儿俩接着睡，自己一个人悄悄出了房间。

因为今天对我来说有一个很独特的个人游项目，那就是前往《东京爱情故事》里面最重要的一个拍摄地：莉香和完治所工作的那间体育用品公司原型——东京 TSP 太阳株式会社，以及剧中两人吃饭的饭店——天竺屋台。

在我的计划里，原本是要去电视剧中好几个地方的，比如公司，还有莉香踢桶的加油站路口，包括山手线的那条上坡坂道。但是，前两天的那场雨浇灭了一切。更何况我想要带着猫同学和瓜总去这些地方，一定会遭到两人连哭带闹的一致反对，所以，我与其一边逛一边承受着精神折磨，还不如清晨偷着爬起来自己去。

具体的地点我早已查好，东京 TSP 太阳株式会社位于东京市目黑区中目黑东山 1 丁目。距离那里最近的地铁站是东急东横线的中目黑站，我从酒店过去非常方便，走到涩谷站就能直接坐上车，两站即到，票价 130 日元。

早上 7 点，许多上班的日本人也不会出门这么早，原宿街头异常冷清。我刚出酒店门，山手线就在旁边呼啸而过。一路走到涩谷站，我才知道不是人家都还没出来，敢情全在地铁里挤着呢。

买票上了车，我居然尴尬地发现整整一车厢人，男的女的老的少的都有，清一色的深色西装加公文包，就我一个人牛仔裤红格子衬衣，还背着个相机，显得

涩谷站，路面上还不怎么有人。

格格不入。

好在两站地很快，几分钟后我在中目黑下了车，出站后沿着大路按地图索引一直向西北方向走去。这一片区域就没有涩谷、原宿那么繁华了，路边虽然也是高楼林立，但大多都是住宅或办公楼，放眼望去，车不多人也不多，倒是路边的一家松屋里面挤满了吃早饭的人。虽然有点饿，但让我清早起来就吃上一大碗肥牛盖饭，我还是难以接受。

五分钟后，我渐渐看到了立在前方不远的一块招牌：天竺屋台。而且人家的特色主食居然是刀削面！这么小的饭店历经二十年风雨竟还健在，不得不佩服日本人对于事业的那份执着。

不过我来得太早，饭店大门紧闭。没办法，我只得从这里拐上小路，一幢眼熟之极的建筑立刻就出现在前方。

二十年风雨过去了，一点儿都未曾改变，只是旁边的停车位换成了升降的，公司里面的电脑换成了高级的，就连基础格局都没怎么变化。里面打扫卫生的大婶见我一直隔着玻璃看，也不干活了，反而直起身瞧着我。我挺不好意思的，所以没能"偷拍"到里面的景象。

《东京爱情故事》是我觉得很神奇的一部剧，两个主人公从来没有多甜甜蜜蜜秀过恩爱，也从来没有海枯石烂海誓山盟地哭得撕心裂肺，但就是能一步步引导着观者去感受那个年代人们对于爱情的理解。最终，男女主角既没有得绝症死掉，也没有谁为了谁奉献出自己的生命，甚至可以说这段故事在他们的人生当中并没有掀起太大的波澜，只是水面偶遇的一粒石子，一时涟漪，很快就又趋于平静，但观者无不为之动容落泪。

这才是真正的爱情，平凡且让人刻骨铭心。

如今，早已物是人非。如果一切都是真的，那么完治是不是还在这家公司里，不知道莉香会不会偶尔回来瞧一瞧。我想是不会的，该忘却的早已忘却，两个人的人生只可能有一次交叉，一次错过就意味着永远错过。

今天，也只有这幢建筑还站在这里，向人们诉说着那个缠绵哀婉的爱情故事。

感慨了好一会儿，我戴上耳机，听着小田正和的那首《突然发生的爱情》，头也不回地走了。

极限！最后一站

回到酒店摇醒了他们娘儿俩，我们开始了在日本的最后一次"酒店迁徙"。在涩谷到新宿一线来来回回逛了两天后，终于要离开了，到东京站东边一点的东日本桥附近，入住那里的一家东横酒店，住两晚后启程回国。

说实话，到了这个时候，我和猫同学都已是强弩之末。来东京的头两天完全没有任何游览计划，就是瞎走瞎逛，能休息尽量休息。今天开始，我们还得重新上弦，按照既定攻略去行走，毕竟东京还有一大堆地方没去呢。

回去摇醒他们娘儿俩，打点行装出发。

由于要进行酒店转场，大包小包都得收拾干净。此时我俩已经乱到不知道什么东西放在哪里的地步。虽然已经寄了好多物品回去，但是除了背着的两个大包，还有吃的用的又装了两个塑料袋，挂在瓜总的推车后面。猫同学一早起来，就拼了命地在找她在京都时给家里老人买的小礼物，可是怎么都找不到。最后，非要怪我没放好，估计是丢在上一家酒店了。东西倒是不贵，几十块钱，但再回去拿肯定不现实。我只得安慰她，最后两天如果见到有什么好的再买一份就是了。结果等我们回国后才发现，原来那些东西都随着邮件一同在富士山的时候寄了回来。

同样地，今天我们退房后一路沿表参道走到原宿站，已经打算买票进站了，猫同学突然发现竟然把零钱包落在了房间里。为此我俩商量了好一会儿要不要回去取，我以为零钱包顶多放个几百日元的硬币，忘了就忘了，小布包本来也不值钱，再走回去太要命了。可是猫同学除了硬币，竟然还放了好几张千元的大钞在里面，那就没办法了，只得折返回去。

等到我们取了钱包再回来，街面上已经是人头攒动，车站也已经有些挤不动了。

行政区高楼林立，但是路上没什么人。

我们今天的第一站——东京都厅45层展望台，这是个免费游览项目。东京都厅位于新宿站西边的行政区，这里游人少，高楼林立。它由两幢外形几乎一样的45层高楼组成，分为第一本厅舍和第二本厅舍，而两个展望室都在第一本厅舍。当然，这里是人家市政府办公楼，不能指望和旅游景点一样有指引牌，反正看到第一本厅舍进就行了，不会有人阻拦。

虽然是市政府的办公场所，但是东京都厅的大厅也安排一些文化方面的展示，参观性也挺强。

进门先下到负一层，那里有两部直通顶层展望室的电梯。排着队坐电梯上来后，发现这里视野很好，一圈都是超大的玻璃幕墙。但是玻璃不怎么好，可能是外面清洁比较困难的缘故。阳光也强，对于我这种业余拍照选手来说，想要拍出一张像样的照片很困难。这里的每一扇大窗户上方，都有一张天气晴好时拍的照片，并且进行了一些标注，告诉游人从这里能看到什么。如果天气极为晴好，从这里也是可以看到富士山的，可惜今天有些灰蒙蒙的，视野算不上绝佳。

阳光太强烈，只有这张照片还像点样子。

据我所知，东京比较知名的两个观景台：一个是东京都厅，一个就是六本木 HILLS 的观景台（TOKYO CITY VIEW）。但是六本木 HILLS 是要收门票费的，貌似 1500 日元左右。如果有时间，都去看看当然不错，东京都厅看白天的，六本木 HILLS 就用来看夜景。

瓜总的终极之战

从东京都厅出来，我们继续日本之行的最后一个亲子游项目：上野动物园。

上野动物园全名东京都恩赐上野动物园，坐落在上野公园内，开放于 1882

年 3 月 20 日，是日本最古老、最有名的动物园，也是日本第一个公共动物园。

上野站出站就是上野公园，进去逛逛是很有必要的。但是这一逛，我们竟然摸不到了上野动物园的门，于是只得在墙外绕着人家的铁丝网一直走啊走，差不多得围着公园跑了大半圈，这才看到一个偏门：池之端门。

为了陪着瓜总去，猫同学只得忍痛花 1200 日元买了两张门票。动物园中依然是遍地的小学生，只是上野动物园比起大阪的天王寺动物园要差一些，水也没那么清，有些地方还会有动物们特有的味道。

进去只走了几步，猫同学看见一个休息的长椅，就果断撂挑子不干了，表示她看行李，让我带瓜总去耍。我当时还觉得这也不错，天天去哪都背着个大包，我的肩膀也早已不堪重负，只带着娃跑跑挺好，殊不知这才是噩梦的开始。于是乎，瓜总开启了"穷凶极恶、大杀四方"的战斗模式。

我们怕瓜总来了日本后乱跑，所以专门带了一个防走失包，就是一个小包包由他背着，后面扯出来一根绳子，大人抓在手里，可能在国内看起来有点像遛狗，但在国外的确是许多家长在孩子小时候比较常用的做法。但是这个小包在大阪第二天的时候，固定用卡扣就断开了，一直也没机会修一下，所以此时我也只能由着他自己去乱跑。

然后，我们父子俩就是他跑——我追——追上了——他打人——我道歉这么一种模式。他先后在公园餐厅门前、园内小火车站外，以及荷花池边打了三个日本小朋友，还都是小姑娘，从不足两岁到上小学的都没放过。我只能一个劲地冲人家家长赔不是，心中已然把这个"混世魔王"揍了一千遍了。

此刻只想赶紧把他捆回车里，别再放这"小混球儿"出来了。这哪是逛公园来了？明明是参加格斗赛呢！

一脸的愤恨，拉着这个还没过足瘾的小祖宗回来告状，猫同学听了也是哭笑不得。我们只得在公园餐厅草草吃了顿饭就跑了出来。同时我俩达成了一项共识，就是在离开日本之前，要一刻不停地盯着他，严防这小子再有任何"不良"举动。

上野东照宫，猫同学恨透了我进这些地方。

上野公园的北边，就是东京国立博物馆。本来我是打算进的，但是貌似博物馆正在办什么特展，来到门前一瞅票价，一律为每人 1600 日元，猫同学直接以太贵为由拒绝进入。

她不进，我可打死也不敢一个人带着瓜总去了。在外面打小朋友，赔礼道歉，大不了赔点钱也就是了，放他进博物馆去"打砸烧抢"……我想了想，画面很美，但实在是赔不起。

恋恋不舍地离开东京国立博物馆，我们就只剩下今天的最后一个目的地了：浅草寺。直到现在，我们一天里转战了多个地方，其实说到底，东京的地铁线路并没有想象中的复杂到令人发指，只不过和国内不一样，有统一的运营公司。单就东京市内的轨道交通就分为东京 METRO、都营地铁，还有 JR 的山手线这三种。

那么按照日本人的性子，不同的地铁公司就一定会有各种各样的一日交通卡。好在毕竟是国都，也有那种所有线路都涵盖的共通卡，但价格肯定是包含的越多就越贵。

最后，经过我多方比较，包括带着娃的附加因素（带着娃不可能说放着最近的站点不坐非要跑去一日卡的站点），我们最终放弃购买了东京的一日地铁卡。因为只要线路规划合理，单买票也不会超过一日卡的价格，所以，东京的一日地铁 PASS 并没有大阪周游卡和京都一日巴士卡那么实惠。

求人不如求己

刚到日本，开始狂发朋友圈的时候，就不断有朋友拜托我，基本上都是去这个寺代烧香啦，去那个寺代求符啦。

说得直白点，我对这种事情是嗤之以鼻的。虽然我不信各路大神，但在我的概念中，信仰源自于一个人对这种宗教教义以及精神的认同和追随。求各种神、烧各种香，请各种护身符，真的是因为理解、追随人家的思想才这么做的吗？

恐怕很少有人能拍着胸脯说"是"。

我的朋友里面，有在淘宝上请泰国佛牌的，也有为了求子到处烧香拜佛的。愿望是好的，但总显得有些盲目、盲从。听人家说这个好，那就也跟着照搬一套。

你如果连最起码的规矩都不懂，求来的这些东西真的就有用吗？能宽心吗？

特别是有几位朋友，得知我在日本，要去哪个哪个寺庙，就特意告诉我，让我帮他们求签啊，或者是上个香什么的。我就奇怪，这种事情难道还有代劳的吗？我帮你上炷香……那到底是为我自己求的还是为你们求的？求个签都没办法自己亲自来的话，那就干脆不要求了。

日本佛教文化是比较兴盛，人家也十分讲究祈愿一类的行为，一般心诚的都会事先斋戒、沐浴更衣，在祈愿后发誓多长时间内遵循自己和佛祖的一个约定。比如我想要未来三年在新的公司事业一帆风顺，那我祈求佛祖保佑。同时我爱吃肉，那我就要发誓，为了达成这一心愿，我宁可一年不吃肉、不杀生，以示虔诚。

更有意思的是拜托求子和上头炷香的，接到这些委托之后我都不知道该如何表达自己复杂的心情了。我替你求子，那求来的到底是谁的孩子？我觉得我能养好瓜总一个娃就挺好了，不想要第二个。

当然，我说这么多并不是对有这些需求的朋友发牢骚。我只是想说，咱们还都年轻，有大把的事情可以去做，没有必要早早地就把自己的终身托付给虚无缥缈的各路神仙们。再怎么求神佛保佑，归根结底还得靠自己努力才行，没见谁天天在家拜菩萨不出门，就腰缠万贯、飞黄腾达了。

如果真的只是为了寻求一下心理上的慰藉或是遇到什么事儿了去个恶心，求个保佑也不是不行。那我建议最好还是遵循最基本的祈愿原则，在自己的能力范围和可达到的范围之内，去老老实实、真真切切地求个保佑，也就差不多了。日本的佛教都是从中国传过去的，这点大家想必都知道，能求得着"师父"，干嘛还托人去求"徒弟"呢？

总之，有些事情，可以托人办；有些事情，还是自己亲力亲为的好。

熙熙攘攘金龙山

其实上一节说了那么多，都是在为浅草寺做铺垫。因为它的名声太大了，以至于许多国内的朋友不知道清水寺，不知道金阁寺，但只要一提到东京，一准都会说出东京塔和浅草寺的名字。

当然，浅草寺也的确配得上如此高的知名度。浅草寺是东京的发源地、都内最古老的寺庙，最让人熟知的就是叫雷门的寺院大门，正式名称是风雷神门。无论谁来到这里，都会和门前悬挂的那盏巨大灯笼合个影，灯笼远远就可瞧见黑底白边的"雷门"二字，背面则为四字全称。所以，说浅草寺是日本的门脸也毫不为过。

一出站，就是浓浓的"浅草"风格。

据传 628 年，一对以捕鱼为生的兄弟在隅田川中发现了观音像，认为是观音显灵。于是，人们在当地修建寺院，供奉观音，这就是最早的浅草寺。其后该寺屡遭火灾，数次被毁。现在的浅草寺也是 20 世纪 60 年代重建的，早已失去了其本身的历史价值。

如今，浅草寺已渐渐发展成为东京独具江户风格的民众游乐之地。其位于雷门与本堂之间的街道名为仲见世步行街。这是由雷门通向宝藏门及正殿的一条 300 余米长的参道，聚集了上百家商店，有着大大不同于其他寺庙的独特风光，广受全世界观光客的青睐。

浅草寺也是国内旅行团的必去之地，因为这里集逛街购物和经典观光于一身，而且不要票。我们一家子本来是不打算凑这个热闹的，但是既然都到了上野，又要往东日本桥那里去，浅草寺就成了顺道拐个弯就可以去的地方，反正时间尚早，那就看看吧。

浅草站交通很便利，多条地铁线路在此交汇。我们下车出站后，猫同学得益于前两天成功的购物导游，打开地图要求我把找寻浅草寺的任务也交给她。这时候，就显示出谷歌地图的独特气质了，稍加搜索后，它指给我们一条从目前所在地到浅草寺最近的路线。我们就傻傻地跟着走，但是越走我越觉得不对劲，因为之前我是做过攻略的，知道浅草寺的外面是仲见世步行街，车站也不远，这怎么走了半天了还没到呢？

我提出重新看地图查路线，猫同学见我不相信她，很不耐烦地告诉我，这么走一定能到浅草寺。没办法，我只得顶着她愤愤的眼神坚持向西边走了一个路口，果然发现这里才是仲见世步行街，而我们一直沿着旁边的小路，都快要

我坚持往这个方向拐，出去就发现了仲见世步行街。

走到头了。

所以，谷歌地图完全无视了重要游览地的存在。它并没错，我们按照之前的规划路线的确可以走到浅草寺，关键要看我们在什么情况下需要它。

天黑后，这些企业供奉的灯笼倒挺好看。

仲见世步行街上都是卖纪念品的，和国内景点的风格没什么两样。

说实话，浅草寺是我觉得最不像寺庙的寺庙，它甚至连个院墙都没有，完全是大开放结构，到处摆满了100日元的求签处。周围店铺林立，人流熙熙攘攘，到处都能听到熟悉的乡音。简单地参观了一圈后，我们就决定打道回府。而当我们走出寺院区域后，门口竟然已经纷纷支起了烧烤的摊子。看来这里到了晚上，将会更加热闹，只是我们已经没有兴趣，挤出了仲见世步行街。

填出来的版图

10月25日，晴，今天将会是我们在日本游览的最后一天。昨晚东横的1.8米大床睡得格外舒坦，猫同学和瓜总的劲头也足了不少。

我们今天只有两个行程内的观光地：一个是筑地市场，一个就是台场。但这两个地方都不小，想要一天顺顺当当走下来，我还得看猫同学的脸色。

当然，在我的规划里，从来不会出现从城市一角跑到另一角的情况，如果这两个景点被我划在了一天里面，那只能说明它们很近。

筑地市场位于东京都中央区筑地的公营批发市场，是日本最大的鱼市场。筑地市场不单单是一个水产批发市场那么简单，可以说这里也是东京人的食堂，最知名的寿司店、各色小吃汇聚于此，也是外国人来东京旅游体验美食的必去之处。

筑地市场绝对是我在日本所进过人最多的一个区域，这里本身不是景点，商铺繁杂，货物摆得哪里都是，人多地方小。我推着孩子背着包，甚至连转个身的机会都没有，一家三口只是草草兜了一圈，只得选择匆忙离开，前往下一站。

而在筑地市场的海港外面，就是台场了。

步行前往乘坐百合鸥号。

百合鸥号新桥站外的宫崎骏大钟，宫崎骏迷们不要错过哦。

1853 年，美国人佩里率船队来到日本。当时东京还称江户，由于防卫上的紧急需要，日本匆忙赶制了海上炮台设置在此御敌，从此这里便称为台场，或称御台场。二百年来，随着填海造田不断扩容，如今的台场已经成为东京最新的娱乐场所集中地，许多超大型国际会展、会议都选择在这里举办。

这两个地方虽然在地图上看离得挺近，但想要过去也并不容易。连接台场这块人工岛的线路，就是传说中的无人轻轨列车——百合鸥号了。百合鸥号是很少见的完全片假名的名称，不会出现中文"百合鸥"等字样。它的起始站是筑地市场西边不远的新桥站，如果你看到那只飞翔的海鸥标志，还有高高架起的轨道，那就是它没跑了。

百合鸥号一日卡。

百合鸥号可以说是如今世界上轨道交通方面最为杰出的代表了。它平稳、精准、快速，全程电脑操控，无人驾驶，但是票价也是杠杠的，从新桥站开往台场站，单程票价就要320日元。如果购买一日卡，则需820日元。但我觉得这里的一日卡并没有那么实惠，因为这里只有台场站周边还算热闹。百合鸥号是围绕着整个人工岛建的，虽然我们特意坐车跑到了终点站，但是过了国际站市场再往前的站点，除了荒地就是菜地，已经没有任何观光旅游价值了。

台场有几个比较受各国旅游者青睐的地标：1.自由女神像。世界上就三尊公开矗立的自由女神像，一个在纽约，一个在法国巴黎的塞纳河畔，最后一个就在东京的台场。2.世界上最大的高达战士模型。3.船形的船之科学馆。

已经坐上车了，我们马上就要从这座跨海大桥下钻过去。

台场站，右侧的高楼就是富士电视台。

青海站的大摩天轮。

这座人工岛可以说是集观光、休闲、消费、娱乐、购物于一体的超大综合型区域。我们一路走走停停、歇歇看看，竟然从上午 11 点一直玩到了天黑。猫同学倒是挺争气，基本上我想去的地方她都陪我们去了，代价就是我还要陪她逛这里的商场。所以到离开的时候，两大展览馆我们还是没能去，但成功的猫同学朝我诡秘一笑，牙缝里挤出四个字："留待下次！"

船之科学馆。

国际展示场往前，除了几幢高楼，就再没什么了。

大高达，感觉我还没他鞋大。

为嘴"伤身"的日本人

离开台场的时候已经是下午 5 点，对于我们在日本的最后一晚，还有一件最为重要的事情一直被推后——就是给猫爸买根钓鱼竿。

两天前我们是曾做过努力，无奈被东京的地铁给吓了回来。今天，无论如何都不能再错过了。

从台场出来，我俩一直在为去哪买这根钓鱼竿而争论，我的意见是反正已经到银座地区了，随便找一家卖的就行，但猫同学就想去旅游手册里推荐的新宿那家。要知道从台场跑到新宿，是要围着城心区域跑半圈的。

银座地区，应该是最为国人所熟知的东京地名了。

电子商城，边上貌似是北野武大导的代言，还伸着舌头。

　　等红灯的时候，身后有人拍我，扭头一看，是一位日本帅哥，一身笔挺的西装，拎个公文包，连说带比画，问我们要不要拍一张全家福。其实那会儿我正和猫同学拌嘴，两个人都没把注意力放在他身上，所以婉言谢绝了，但非常感谢这位热心肠的小哥。

　　最终，胳膊拧不过大腿，我们爷儿俩还是跟着她去了新宿。在歌舞伎町一番街的尽头，有一间大久保病院，负一层居然是家渔具店，总算是为猫爸买到了一根称心如意的钓鱼竿。

　　这中间还发生了一件很有意思的事情，惹得我和猫同学议论了半天。

　　在歌舞伎町一番街走到头的地方，我们离着老远就瞧见有好多人在排队，似乎是等着进一家店。依照我们这些天来在日本的所见所闻及经验来判断，这一定是家饭店。

这是我在日本见过最多的五个字。

如果在咱们国内，一般需要排队的多半是商家做活动，比如送米送面送鸡蛋之类的，老年人排队的居多。但日本不一样，只要在街上看到他们排队，九成都是为了等饭店。我们前一天离开涩谷酒店时，不过上午9点钟多一点，路边就有一条长十几米的队伍，在等一家甜品店开门，而且排队的还都是青春靓丽的小姑娘。

虽然国内有少数比较热门的饭店也需要去了等位置，但至少都是给顾客准备好充足的等候区域，并提供饮料、小食品等各种服务。不过这在寸土寸金的东京似乎行不通，饭店有地方都摆上桌子了，客人想吃饭，愿意等，那就不好意思，您门外排好队，慢慢候着。

所以在东京旅游，想知道哪家饭店做的饭好吃，根本无须看攻略，看看到饭点的时候门口排不排队就知道了。日本人如此热衷美食，但就是没什么胖子，也可能是和人家每次吃饭都要站着排队有关系，实实在在是为嘴"伤身"，为嘴"健身"了。

以上纯属玩笑话，日本是一直比较尊重手艺人的，比如做饭的、制茶的、插花的、拼布的等，许多行业都会有那么几位万人敬仰的大师，每逢传统节日出来露上一手，接受国民的认可和爱戴。

这点和咱们国内比，差别就很大了，唱戏的、民间艺人，在解放前地位都很低下。近些年虽然一直致力于保护这些非物质文化遗产，但是归根结底，没有对这些手艺进行有效的发扬光大，传统的文化离开了传统，拿到现今社会，只能是单纯的表演，就像鱼儿离开了水做成标本，是可以继续供人观赏，但终究失去了生命力。

今天，我将把你留在这里

今天，就要坐飞机离开了。说实话，有点不舍，但更想家。外面的风景再优美，吃的玩的住的再舒坦，也不如待在自己家里自在。我们一路从关西跑到关东，马不停蹄游历了十二天，是到了该收收心的时候了。毕竟钱还是要挣，家还是要养的。

今天也是我们起得最早的一天，8点刚过一家三口就出了门，步行赶去京都站，我们要在那里乘坐前往茨城机场的大巴，以便能够赶上中午回上海的飞机。

春秋航空是真心便宜，我们一家三口往返机票含上税也不到 4800 元，但就是这个茨城机场让人真心想吐槽，要坐大巴跑上一个小时才能到达。

而当我们赶到机场的时候，被网友们评价为"偏远乡村、鸟不生蛋"的茨城机场，

东京站。

竟人山人海，轿车几乎停满了停车场，数千人站在机场外面的空地中无所事事，看着既不像是来坐飞机的，也不像是全家野餐，一个个都仰着头，不知道打算干什么。

进到大厅里面才知道，我们竟然又遇上了可恶的航班延误。不过这次不是天气原因，而是日本政府把机场给征用了。

一问才知道，今天竟然是日本航空自卫队成立六十周年的日子，所以日本政府为了庆祝，要搞航空阅兵和飞行表演，军用机场不够用，他们就又在全国各地征用了好几个民用机场，结果导致大批的旅客滞留在机场不能按点离开。我们也只好被半强迫着看了两个小时震耳欲聋的航空表演。

除此之外，我还有一件很不情愿的事情没做，那就是要和瓜总的这辆婴儿推车说再见了。十三天里，它陪着我们东奔西跑，上山下海，不仅出色地完成了搭载瓜总的首要任务，而且还帮着猫同学挂了各种各样的行李。如果没有它，很可能我俩还没出关西地区就已经累趴了。

但是，这辆只花费了人民币 120 多元的婴儿推车，如果我们想要带走它，就只得再花 300 多块去办理行李托运。虽然很不舍，但扔掉它，让它留在日本，的确是更加务实和明智的选择。

早在离开酒店前，猫同学就想干脆把婴儿推车扔在房间里得了。但我考虑到酒店步行至东京站比较远，还是坚持带过来，让它再载瓜总最后一程。所以，到了机场后，我们就真的要跟它说再见了。如果不提前处理掉它，等到登机的时候再想扔可就难了。

垃圾桶肯定不行，哪个垃圾桶也不会允许放这么个大家伙进去。我本来想扔在男厕所里，可进去瞧了瞧，因为都是来看飞行表演的民众，上厕所的络绎不绝，没有机会。然后我又独自推着它来到外面的停车场，找了好一会儿，终于发现了一个没有人关注的角落，赶忙快步上前，将它安安稳稳地放在了那里。

再见，非常感谢你这十多天来对瓜总的照顾！我把你留在这里，也是为了你能够在这里继续发光发热，完成你作为婴儿推车的使命。我想，这里完善的垃圾管理和分类，一定会让你拥有下一个更好的归宿。

再见，来自天堂的思念

猫同学也对无法将婴儿推车带回去显得耿耿于怀，但这是没办法的事情。瓜总直到我们进了候机区，才发现自己的车车没有了，嗷嗷地哭了好一阵。

但在此之前，这家伙做了一件足以写入他人生成就表的事情，把我们的日本之行彻底推向了高潮。事件回放是这样的：

过边检时，由于要把电子类产品都掏出来看一下，我和猫同学通过后只顾得慌忙整理背包和散落的东西，无暇顾及瓜总。这小家伙见没什么地方可去，瞧着有一位机场出入境管理处的姑娘在自己面前走过，然后从工作人员通道进入候机区，于是也跟着走了过去。

这时我已经收拾妥当，转身第一眼就瞧见他站在那条工作人员通道前，正面带戏谑表情回头看着我。瓜总的这个表情我再熟悉不过了，他在打算撒开了腿跑之前，总会站定了这样瞧我，只要我一说"不准跑"之类的话，马上就头也不回地直线加速冲出去。

我顿时慌了，这地方可由不得他乱窜！赶忙招手道："宝瓜，快过……"话音未落，那边传来一阵清脆的笑声，这家伙推开那道门就冲过了边检。

他……他……他竟然冲关了！！！

我包都顾不上背，扔给猫同学就去追他。但我知道我肯定不能也这么冒冒失失冲过去，只得在栏杆外面喊他赶紧回来。小家伙才不管我一脸着急的样子，还以为是和他玩警察抓小偷呢，高兴地往远处跑去。

没办法，我只得向边检人员求助，然后……海关一共出动多名日本小姑娘，对瓜总是围追堵截，半分钟后才算将其"制服"并带了回来。

直到我们上了飞机，我这颗饱受惊吓的心脏才算渐渐平复。有时候就是这么神奇，我们前脚坐下，茨城立刻就开始下雨。此刻，我心里真的是有点敬佩猫同学和瓜总了，真真儿的俩晴天娃娃啊！

这一次，坐在飞机上的我踏实了许多，毕竟旅程已经结束，愿望也已达成，恐飞什么的我也不在乎了。一直以来，我始终觉得自己是一个不怎么有梦想和目标的人，但我真的从没发现自己心底竟埋藏了这么久远的一个心愿。以前自己没有能力，不去想，也不敢想，原来这并不等于说放弃了梦想。当时机成熟的那一天，它就会跳出来告诉你：是时候去实现了！

记得小时候，每当老师问同学们的梦想是长大了干什么，得到的回答往往都是科学家、宇航员、建筑师、船长等，无外乎这几类。但这不能算作梦想，充其量只能是一个美好的心愿。因为那时候孩子都还小，说说就算了。

可能在外人眼里，去日本旅游，就算是有早前和父亲的约定，这也不算是个什么了不起的梦想。但这恰恰是我的风格，我从不去想那些太过于宏伟和长远的事情，脚踏实地，做好眼前，把目标定得只高那么一点点，依靠一点点的努力，一次次地去实现，一次次地去享受实现愿望后的满足感。

我深信，在这个世界上，得到的金钱、名望、地位越多，所付出的时间、精力也就越多。至少，我实现了当年和父亲的约定，他没能带着自己的儿子来，不过我作为父亲，带着我自己的儿子来了。

虽然父亲走的时候我已上大学，但我不得不承认，近十年来，父亲的形象开始渐渐淡出了我的记忆，淡出了我的生活，淡出了我们这个家庭。毕竟逝者已去，活着的人还要努力向前看。我也只能以这种不留痕迹的方式，去缅怀那个早已模糊了的面容。

再见了，天堂的您。我将会随着这次起飞，把所有的思念也统统留在这里。余下的日子，我会努力开朗地活着，善待家中的每一位成员，让瓜总健康快乐地成长。我想这也是您所希望看到的，记忆里只有美好的时刻，不再有痛苦的思念。

东京印象：

-----

1. 东京这座多元化的国际城市虽然到处都散发着包容、友善的感觉，但它的喧闹、它的拥挤、它的高楼林立并不合我的胃口。在不久的将来我会再次来到日本，去领略自然风光，去细细品味日本本土文化的那份自然宁静，但可能很多年之内我都不会再来东京。这是一座完全游离于日本整体感觉之外的城市，它没有大阪的干净整洁，没有京都的古韵悠长，没有富士山的纯净超然，也没有我们所路过那些小城的闲散舒缓。但是，作为一个国家的经济、政治、文化中心，它所拥有的一切却又是那么理所应当。

2. 最后，我只想说一句，东京就是东京，它不是日本。

我们的行程安排：

第一日：涩谷—原宿—新宿—表参道—明治神宫—代代木公园。

第二日：东京都厅—上野动物园—浅草寺。

第三日：筑地市场—台场—银座。

第四日：东京—茨城。

东京都其他热门景点：各类博物馆、水族馆、购物区。

本章小贴士：

1.地铁一日卡可根据个人行程选择性购买，还是那句话，有时候买卡省下的只是排队买票的时间而已。

2.东京的地下交通极为发达，所以只要住在城心区域，去哪里都不算麻烦，不要因为旅店的位置问题而痛苦。

3.百合鸥线的一日卡个人觉得性价比不高，只需往返新桥和台场站之间即可。

4.东京的一些景点，如吉卜力、皇居，均需提前预约进入，建议先确定了预约的时间，再按照时间去制定当日行程。

5.在东京，想吃知名日本料理，要么需要提前预约，要么就得早早去排队才可以。

尾声

超详细带娃日本游须知

1. 孩子的衣服要多带薄的不带厚的，宁可一层一层套，别上去就给大棉袄、大外套，不然天气一旦热起来孩子一身汗，脱也不是穿也不是。

2. 消食的药，预防、治疗感冒发烧的药一定要带。我们每隔一晚就要喂瓜总吃一次第一防御液，谨防他感冒发烧。这个东西在出关的时候被海关重点检查，但见我们带着孩子，还是顺利通过了。

3. 有的上点档次的酒店会预备幼儿的洗漱用品，但最好还是自带一些。餐具倒不需要，日本几乎95%以上的饭店都会提供儿童餐具。

4. 如果是较凉快的春秋去，一定要带一条毯子或大人的防风外套，以便孩子在外面睡着了可以盖一下，毕竟一出去跑就是一天，按点回旅店睡觉不现实。个人不建议冬天带太小的孩子外出游玩。

5.一辆可折叠的婴儿推车,有托运行李配额的自带当然好,我们是没办法了,托运个车子要300多元。但也不要把所有希望都寄托在到那边买二手的,毕竟二手货不是随要随有。

6.带四岁以下的幼儿,为了让他在舟车劳顿时有事可做而不吵闹,有必要带一些他们喜欢看的东西。iPad太沉,我从家里翻出一个老式的MP4,拷进去了8G的动画片,每当坐车的时候就放给瓜总看,格外安静。

7.宁坐火车不坐大巴。火车地方宽敞,而且有专门放置婴儿推车的地方,大巴就要挤得多了,而且日本交通是六岁以下儿童不要票,大巴人多的时候你让他单独占个位置也有些说不过去。

8.每天从酒店走的时候带上一保温壶的温水,日本饭店清一色冰水,还不是凉水。瓜总铁胃不在乎,有的家长要注意了。

9.预订酒店一定要看清楚酒店相关政策。如果孩子和大人同睡一床,那就要格外注意了,日本酒店的双人房标准间,床宽一般不超过1.4米,有1.5米就算大床房了。而且不同酒店对儿童的限制也都不一样,东横INN全国统一,十二岁以下儿童免费,大部分酒店为六岁以下儿童免费,个别酒店会只免费到三岁或两岁以下,我们在富士山住的那家酒店就只免费两岁以下幼儿,瓜总还要多掏2160日元。

10.最好带一个防走失包,保证时刻牵着孩子,千万别这边照着相,那边孩子都跑出去100多米了都还不知道。

11.个别中高档饭店为了保证顾客就餐氛围,不欢迎幼儿,去之前要了解清楚。

12. 带幼儿去公共浴池洗澡，不管孩子是否知道方便，请准备防水纸尿裤。

13. 入住日式旅馆请看好您的孩子，他们的推拉门和窗户都是纸糊的，很不结实。

[其他注意事项]

1. 关于电源插头——只要是国内的两项插头，标明电压在 100—240 伏特的设备，在日本统统通用，完全不用买任何转换装置，除非你的设备是三头的（比如笔记本电脑电源），日本没有三项插座。

2. 关于手机信号——国内手机开通国际漫游业务，是可以在日本收发短信和接打电话的（至少移动可以）。详情请咨询所在地的运营商。

3. 关于语言——日本的文字由汉字和假名两套符号组成，混合使用。中国人基本上可以看懂 60% 以上的内容。日本人的英语也不灵光，如果实在是沟通出现了问题，不妨试着写中文，对方往往能够理解你的意思。

4. 关于交通——日本 98% 以上的地名都是中文，中国人不会因为地名的原因而犯愁。

5. 关于场馆设施——日本公交系统基本上是六岁以下儿童免票，各种设施场馆基本一样。

6. 关于导航——虽然在不明确方位和路线的情况下用谷歌地图最为合适，但最好不要过分依赖谷歌地图。

7. 关于住宿——日本住酒店无须交纳押金，退房时也无须办理任何手续或等服务员查房后方可离开，所以，请文明出行。

是什么牵绊了你的脚步

"世界那么大，我想去看看。"

2015 年 4 月中旬，这封只有短短十个字的辞职信红遍了全国。写这封辞职信的人，就是我家所在城市的一位普通女教师。

为什么区区十个字，就一下子引起了几乎所有人的共鸣呢？有人说这是史上最具情怀的辞职信，有人佩服主人公的做事风格和洒脱，也有人说家里不差钱……反正说什么的都有。总之当时各种羡慕嫉妒恨充斥着我的朋友圈。

但是，感慨过后呢，一切很快又恢复了平静。一个月后我再去看这件事，只是多了不少令人喷饭的回复，诸如"我也想去，但五行缺钱"。"我带着你，你带着钱。"看得人既心酸又无奈。

但事实真的是这样吗？我又瞧了瞧我的朋友圈，比我有钱、比我有时间、工作比我轻松，哪怕是挣得没我多，但不用交房贷的人（至少我是要每个月按时按点还房贷的）比比皆是，我们一家的经济状况只能在我的朋友圈里面排中下游。

这些人，他们对那封辞职信，包括对我们一家三口的日本游，都持羡慕的态度，并且都表示想出去走一走、看一看。可当我一问他们打算什么时候去时，得到的回复统统是"没钱、没机会、没时间，等回头再说吧"。

这就有问题了，经济水平、生活水平都明显优于我和那位女教师的你们怎么就会没钱、没机会、没时间呢？看来，出不去、不敢去，并非客观原因所造成的，而是由我们每个人的主观意识决定的。

不信你可以在每次羡慕别人出去玩之前先问问自己，这样的一次旅行，你究竟有没有能力和时间去实现？难道真的是因为请个几天的假，职业生涯就会毁于一旦？难道真的平时少出去吃顿饭、少看场电影、少买件衣服，一年攒上几千块钱就如此不易？难道真的放弃分期付款买苹果手机，转而去旅行就让你在同事朋友面前抬不起头吗？

恐怕不是。我们羡慕别人，看到的往往只是别人光鲜亮丽的一面，却忽视了别人为此所付出的努力。

常有人说，工作的时间越久，人与人之间的差距就越大。但在我看来却恰恰相反，我认为随着我们经济的独立、社会履历的增加，人与人之间的差距是越来越小的。因为上学时我们买不起的东西现在都买得起了，我们不会做的事现在也都会做了。你开车我也开车，你有房我也有房，你买衣服我也买衣服，无非就是一个品牌、大小、价格的差别而已，不是吗？

我们一家三口去了趟日本，花掉了 2 万多元，我们已经很满足了。但在土豪们看来呢？也许会纷纷想：这也算旅游？看吃的什么、住的什么，2 万块钱能玩什么？但是，我们和土豪并没有本质上的区别，该去的都去了，该看的也都看了，一样的线路、一样的景点，接触到一样的人，了解到一样的东西。

所以，当我能到处跑着看看的时候，和我一样工作了多年的你们，难道就不能吗？最关键的问题是，你们究竟有没有把自己要去看看这件事放在心上，当成一个短期目标，努力创造条件去实现呢？

不要太信奉"来一场说走就走的旅行"这句话。如果你不打算通过一次旅行来脱离之前人生的话，旅行还是需要计划的。一个完善的行程安排既能帮你省下不少的钱，还能省出不少的时间。也不要嘴里念叨着"等以后多挣点钱，时间得闲了再去"这样的借口，挣得越多，你只会越不得闲。

　　人这一辈子，能挣多少钱、办多少事、买多少东西，这都是没数的，穷一生之力也到不了尽头。但有两件事却是有数的，那就是我们能活多久，能去多少个地方。说得长点，人生不过百十来年，地球总共也就那么大。利用有限的人生，多出去走走看看，是我们这辈子所能做到最简单，也是最便于记录的挑战。

　　我不想等到自己白发斑斑，再也跑不动的时候，翻开人生相册，每张都是老太太搀着老头子，两个颤颤巍巍的身影。如果有能力，为什么不尽早留下更加富有活力的人生记忆呢？

英雄与决心（拍摄于东京台场乐高专卖店）。

走出去，看一看，也许并不难。难的是你有没有一颗去启动它的决心。

谨以此书送给天底下爱旅行且爱孩子的父母们，愿每一位孩子都能够快乐成长。

世界那么大，让我们大手牵小手，一起去看看！